中华优秀传统文化是炎黄子孙共同的精神家园

楚辞选译

徐建华　金舒年　译注
金开诚　审阅

古代文史名著选译丛书

（珍藏版）

主编　章培恒　安平秋　马樟根

凤凰出版社

图书在版编目（CIP）数据

楚辞选译 / 徐建华，金舒年译注. -- 南京 : 凤凰出版社，2017.1
（古代文史名著选译丛书 : 珍藏版 / 章培恒，安平秋，马樟根主编）
ISBN 978-7-5506-2465-8

Ⅰ. ①楚… Ⅱ. ①徐… ②金… Ⅲ. ①古典诗歌—中国—战国时代②楚辞—译文③楚辞—注释 Ⅳ. ①I222.3

中国版本图书馆CIP数据核字(2016)第257407号

书　　名	楚辞选译
主　　编	章培恒　安平秋　马樟根
译 注 者	徐建华　金舒年
责任编辑	林日波
装帧设计	姜　嵩
出版发行	凤凰出版传媒股份有限公司 凤凰出版社(原江苏古籍出版社) 发行部电话025-83223462
出版社地址	南京市中央路165号,邮编:210009
出版社网址	http://www.fhcbs.com
照　　排	江苏凤凰制版有限公司
印　　刷	苏州市越洋印刷有限公司 苏州市吴中区南官渡路20号　邮编:215104
开　　本	850×1168毫米　1/32
印　　张	5.875
字　　数	122千字
版　　次	2017年1月第1版　2017年1月第1次印刷
标准书号	ISBN 978-7-5506-2465-8
定　　价	29.00元

(本书凡印装错误可向承印厂调换,电话:0512-68180638)

目 录

前　言

在中国文学史上,《楚辞》是继《诗经》而起的诗歌发展中的又一个高潮。尤其是它的代表作者,伟大的爱国主义诗人屈原,更在中国人民心中留有不可磨灭的印象。而作为他的斗争实录,由他的丹心碧血所凝结而成的一系列光辉辞作,则不仅在文学史上产生了衣被百代的深远影响;而且其中所表现的诗人屈原的精神气质也已深入到中华民族的文化传统之中,对我们的民族性格、民族心态的形成与发展都起过不可忽视的作用。因此我们认为,在当前振兴中华的伟大进程中,让更多的人了解屈原及其光辉辞作是很有意义的事情。

"楚辞"这个名词,最早见于汉代司马迁的《史记·酷吏列传》,它本来是一种诗体的名称。这种诗体和它以前的《诗经》相比颇有不同。例如《诗经》以四字句为典型句式,句中节奏为"二二";楚辞的典型句式则有六字与五字两种(语气词"兮"除外),句中为"三三"、"三二"节奏。又如语气词"兮",在《诗经》虽已出现,但数量不多;而楚辞运用"兮"却是有规律的,因而成了语言形式的一个显著特征。再如楚辞有浓郁的地方色彩,这也和经过周王朝乐官统一加工的《诗经》有所不同。宋人黄伯思说:"屈宋诸骚,皆书楚语,作楚声,纪楚地,名楚物,故可谓之楚词。"(《东观馀论·校定楚词序》)这不但较为全面地指出了楚辞的地方色彩，而且说明楚辞的得名还是与它的地方色彩有关的。

楚辞这种诗体本来是在民间产生的。虽然最初的情况已失传无考，但早在公元前六世纪中叶，楚国就出现了从越人土语翻译成楚辞形式的《越人歌》（见《说苑·善说》篇）。稍后数十年，又出现了同为楚辞形式的《孺子歌》（见《孟子·离娄下》）。再有就是《楚辞》中的《九歌》，一般研究者都认为它本是楚国的民间祭歌，后来才由屈原作了修改和加工。根据祭歌的传承具有稳定性这一点来推想，原来的《九歌》很可能曾经流传了相当长的时间。由此可见，楚辞这种诗体在楚国民间早已形成，流行的范围也相当广泛。伟大的诗人屈原就是在学习楚国民歌的基础上，接受并发展了这一新的诗体，写出了一系列光辉的辞作。而在屈原之后，楚国又有宋玉、唐勒、景差等人，“皆好辞而以赋见称”（《史记·屈原列传》）。到了汉代，贾谊等人继续以楚辞这种诗体来写作。在这种情况下，“楚辞”一词又成为屈原以下一些作者所作诗歌的名称。

屈原等人所作的楚辞，本为单篇流传。到西汉末年刘向编校群书，把屈原、宋玉、贾谊、淮南小山、东方朔、庄忌、王褒诸人所作的楚辞，加上他自己的一篇《九叹》，编成一集。于是，《楚辞》便成为一部书的专名。后来，东汉王逸给刘向所编的《楚辞》作注，并加进他自己写的一篇《九思》，并命名全书为《楚辞章句》，这就是现在所能见到的最早的《楚辞》注本。汉代以后，给《楚辞》作注的人很多，其中最有影响的注本是南宋洪兴祖的《楚辞补注》和朱熹的《楚辞集注》。楚辞之所以得到流传，并为人们所深刻了解，是与各个时代的注释研究工作分不开的。

下面着重说说伟大诗人屈原的情况。

屈原名平，字原，是战国时代楚王室的远房宗族。他出生在公元前353年（即楚宣王十七年，周显王十六年）①。根据《史记·屈原列传》及其他有关材料的记载，屈原是一个很有才能的人，他“博闻强志，明于治乱，娴于辞令”。在楚怀王时期，他担任过左徒和三闾大夫两项官职。三闾大夫掌管五族三姓（昭、屈、景）之事，屈原在这个职位上曾努力栽培王族子弟，希望他们成为优秀人才，为国效力。当他任职左徒时，更受到楚怀王的重用，“入则与王图议国事，以出号令；出则接遇宾客，应对诸侯，王甚任之”。所以屈原很想利用这些条件来实现他的远大政治理想，即首先是使楚国富强壮大，最终达到统一全中国的目的。

在屈原的心目中，全中国无论从疆域上、历史上、文化上来说，都是一个统一的整体。所以当他为了给楚国探寻正确的治国之道而总结前人的经验教训时，就很自然地着眼于整个中国的历史。例如他谈到夏、商、周三代开国之君任用众贤，谈到唐尧、虞舜遵道得路；也谈到夏启王康娱自纵，羿与寒浞乱流鲜终，夏桀、商纣捷径窘步。当他遭到谗害而要求公正裁决时，便想象去向虞舜陈词。当他极端孤立而寻求伴侣时，便想象去结交宓妃、简狄和二姚。当他假设要离开楚国故宇时，也是在想象中周游全中国的大地与太空（以上均见《离骚》）。这些都说明屈原是充分自觉地意识到自己是一个中国人；中国终于要重新恢复统

① 关于屈原的生年，研究者多有歧说，这里采用的是胡念贻说，见其所著《屈原生年新考》，刊《文史》第五辑。

一，并出现唐虞三代那样的盛世，这也正是屈原所一心向往的远大目标。

但是屈原又是生活在战国时代的楚国，并且还与楚王朝有着宗族关系。所以，他很自然地认为：为了实现结束分裂战乱，统一全中国的远大理想，就必须首先使楚国富强起来。同时，屈原又清楚地认识到：为了使楚国富强壮大，就必须在内政上进行巨大的变革，即实行法治以改变旧贵族"背法度而心治"的局面，举贤授能以破除腐朽的世袭制度。同时在外交上则要运用联齐抗秦的策略，以对付秦国远交近攻、逐个击破的方针。为此，屈原在内外两方面都进行了艰巨激烈的斗争。

《史记·屈原列传》说楚怀王让屈原制订"宪令"，还没有定稿，代表旧贵族势力的上官大夫就想把它夺过来。屈原不答应，上官大夫就向怀王进谗，屈原因此遭到怀王的疏远。这是一场重大的政治斗争在史书上留下的影子。虽然我们现在已经不能看到"宪令"的内容，但从后来屈原所写的一系列辞作中却可以清楚地看出，他所强烈坚持的两项主要原则就是实行法治和举贤授能，这也就是在楚国变革旧的政治法律以适应当时已在全中国范围内出现的经济制度的变化（即由奴隶制转变为封建制）。然而实行法治和举贤授能势必大大触犯旧贵族集团的利益，所以"制宪夺稿"实际上并非屈原与上官大夫个人之间的斗争，而是楚国新、旧两派政治势力进行搏斗的一种表现。正因为这样，屈原才遭到整个旧贵族势力的排挤与打击，终于失去了楚怀王的信任。尽管屈原进行了坚韧顽强的斗争，但他所遭受的却只有越来越严重的迫害。

在外交方面，屈原联齐抗秦的主张也一再受到挫折。

楚怀王十六年，秦国派张仪至楚，离间楚国与齐国的关系。怀王受张仪的欺骗而与齐国绝交。后来当他发现受骗时又出兵攻秦，结果一再大败；齐国又不来救援，其他诸国也乘机攻楚，使楚国陷于困境。虽然这中间怀王曾命屈原使齐，恢复了齐楚邦交，但总的说来楚国此时兵挫地削，国势已受到严重的打击。

正是在内政、外交两方面都遭到挫折的情况下，大概在楚怀王二十四、二十五年之间，屈原从楚国的政治中心郢都（今湖北省江陵县）被谪贬到汉北（今湖北省襄阳市一带）。又大约在屈原外放于汉北之前，他创作了一生中最重要的政治抒情诗《离骚》。在《离骚》中，屈原怀着强烈的感情叙写了他的理想和斗争、探索与追求，以及怎样遭到谗害而陷于极端孤立的处境。《离骚》对楚国的政治现实特别是腐朽的旧贵族势力进行了尖锐的揭露，而对广大楚国人的命运则表现了深刻的关心与同情。作者为了坚持自己的进步理想和高尚节操，一再表示无论遭受多大的打击与迫害也决不调和妥协，同流合污。他在痛苦思索各种出路的过程中，也曾想到离开楚国，到别处去寻求明君，施展抱负。这在战国时代本来是相当普遍的事情；然而作为一个坚强纯贞的爱国者，屈原最终还是宁死而不愿离开故国。在《离骚》最后屈原明确声称："国无人莫我知兮，又何怀乎故都？既莫足与为美政兮，吾将从彭咸之所居！"所以不久他便离开郢都，往汉北去了。

屈原在谪居汉北期间，曾写了一篇感人至深的辞作，就是收在《九章》中的《抽思》。《抽思》在追述楚怀王与屈原说定要实行变革，后来又改变方针；以及屈原反复进谏，怀王拒绝不采纳等方面，都和《离骚》所说的一致。但屈原此时已经远居汉北，因此对郢都的思念便成为极其强烈的感情：初夏的夜本来是短的，但诗人却觉得从天黑到天明犹如经年。他思念郢都，却只能在梦中频频探顾。他又描述自己的灵魂在楚国原野寻觅路途，依着月亮和星星指引的方向驰往郢都。屈原在其辞作中，曾不止一次写到梦中的活动，以加强思想的表述和情感的抒发。《抽思》所刻画的梦境最为深刻而感人，它突出表现了诗人对郢都的强烈思念，而这主要就因为那里正进行着关系到楚国命运的重大斗争。

屈原在汉北并没有呆很长时间。因为据《史记·屈原列传》所记，在楚怀王三十年，秦昭王约楚怀王会于武关时，屈原已经在朝了。他劝怀王不要到武关去，因为"秦虎狼之国不可信"。然而怀王的幼子子兰却力劝怀王赴会，以免失掉秦国的欢心。结果怀王前去赴会，却被秦国扣留拘禁，三年之后终于死在秦国。楚顷襄王即位后，子兰反而当上了令尹(宰相)，就在他的谗害下，屈原被放逐到楚国的江南地区，此后便再也没有返回郢都。

屈原被放江南，在《九章》的《哀郢》、《涉江》等篇中有清楚的记述。多数研究者认为《哀郢》作于顷襄王二十一年，这年秦将白起攻破郢都，楚王朝迁于陈城(今河南省淮阳县)。此时屈原被放已有九年，他既因久放不返而极其愁苦，又深感故都破灭的悲痛，因此才声泪俱下地写了这篇《哀郢》。他在篇中痛苦地回忆当年被放离郢的情况，沿着长江、夏水到达现在的武汉地区，再一直东下直到陵阳(在今安徽省南部青阳县以南陵阳镇附近)。他在陵阳呆了九年，当获悉郢都被秦军攻陷时，不能不为之心碎；严重的国难更加深了他对故都的思念，也触发了长期被放逐的悲愤。在整个《哀郢》中，屈原对腐朽的旧贵族势力作了极其尖锐有力的揭露，而对国家人民以至楚国的山川风物则倾注了深刻的眷恋之情。

《哀郢》之后，屈原又写了《涉江》，从中可以推测屈原在写了《哀郢》之后不久即离开陵阳，溯江西上，重新到了今武汉地区；然后折向西南而行，穿过洞庭，由沅江而至辰阳，再向南入于溆浦（辰阳、溆浦均在今湖南西部沅江中游）。在这个地区，他是独处深山，与世隔绝。但从诗中也可以看出，无论处境多么严酷，他仍然保持了坚强的斗争性格，同时也坚信他所为之而斗争了一生的进步理想，将"与天地同寿"、"与日月同光"。

屈原流放到湘西地区的深山穷谷之后，本来是无法再迁移了。然而在顷襄王二十二年（公元前 277 年），秦国又攻陷楚国黔中郡（在今湖南省沅陵西），离屈原的放地非常之近。为了不当俘虏，他只得再下沅江，穿过洞庭湖而至湘水流域，最后就在长沙东北的汨罗江投水自杀，以身殉国。在自杀之前，他写了《怀沙》、《惜往日》两篇最后的辞作（均见《楚辞·九章》）。《怀沙》一开头说"滔滔孟夏兮，草木莽莽"，这说明他是在四月间到达长沙附近的。因此，古代民间相传屈原于五月初五投汨罗江而死，是很有可能的。《怀沙》末尾说"知死不可让，愿勿爱兮"，可见这一篇的确表现了自杀的决心；但真正的"绝命书"却是《惜往日》。在《惜往日》中，屈原对他一生的斗争作了最终的概括，使人清楚地看到他最根本的思想主张，就是出于爱国主义而强烈要求在楚国实行法治，使国家富强起来。在一开始当他得到楚怀王的信任时，这个目的在一定程度上是达到了的："惜往日之曾信兮，受命诏以昭时。奉先功以照下兮，明法度之嫌疑。国富强而法立兮，属贞臣而日娭。”然而由于楚国的旧贵族势力极其强大，他们为了最大限度地获取私利，是必须坚持“背法度而心治”的。因此双方的矛盾是不可调和的；而由于具体历史条件所形成的力量对比极其悬殊，所以屈原的理想与主张尽管体现了历史发展的趋势，具有进步意义，还是被反动的旧贵族势力所摧残以至于扼杀了。这就是屈原战斗一生的悲剧意义之所在，也是他的诗篇充满了悲壮之美的原因。这一历史悲剧之所以是美的，就因为在一次具体的历史较量中屈原虽然失败了，但从一个较长的历史发展时期来看，屈原的法治主张、爱国主义和统一全中国的理想，却都有进步意义的，是符合历史发展方向的。所以他那战斗的一生，坚强的性格和壮美的诗篇才长期受到人民群众的尊敬与喜爱，焕发出永不磨灭的光彩。

最后，对本书的译注情况作几点说明：

（一）本书共译注《楚辞》十六篇，原文均照《四部备要》排印明代汲古阁本《楚辞补注》过录。在过录中对个别字句作了校改，并在注中说明校改的根据。对于原书中的繁体字、古体字则一律改为通行简化字。

（二）本书既有译文，注释理应从简，但考虑到楚辞中较多长篇，原文与译文相隔多页，读者难以一一对照，所以仍酌增注释，以便读者即在当页读懂原文。又各篇注释不避重复，也是为了读者免于翻检。

（三）本书的翻译基本上采用严格的直译。因为在译者看来，《楚辞》译成现代汉语，本已不可能保留原来的诗味；加以译者修养有限，更不敢以自己的“再创作”来替代原作。我们所能做的，只是通过直译帮助读者阅读和欣赏原作。为了做到严格的直译,许多译句不免啰唆以至于笨拙。全书错误不当之处,敬希读者批评指正。

徐建华
金舒年（北京大学对外汉语教育学院）

离　骚

《离骚》是屈原的代表作，也是《楚辞》中最重要的一篇。篇名“离骚”的意思，据汉代班固说：“离，犹遭也；骚，忧也。明己遭忧作辞也。”(《离骚赞序》)《离骚》的写作年代不能确考，多数研究者认为是屈原在楚怀王时因遭到疏远而作。

屈原有进步的理想，并力图在楚国实行政治变革，因此遭到旧贵族的诬陷诽谤而被楚怀王疏远。屈原怀着对反动势力的愤恨和对国家前途的忧虑，以强烈的爱国感情和顽强的斗争精神写下了这篇中国古代文学中罕见的抒情长诗。诗中突出表现了屈原身处逆境，在思想上产生去留抉择的激烈冲突中，仍坚持着进步的理想和崇高的品格。诗中反复强调要修明法度、举贤授能；揭露旧贵族集团违法乱纪、结党营私；深刻反映了当时楚国新旧势力激烈斗争的政治现实，具有很高的历史认识价值。

《离骚》篇幅宏伟，气势磅礴，波澜起伏，气象万千。它突破了《诗经》的“短章复沓”形式，在丰富的斗争实践和深刻的思想认识的基础上，通过抒情、叙事和说理的有机结合，对抒情主题作了富于变化而层层深入的表达。《离骚》在创作上具有浓郁的积极浪漫主义色彩，在超现实想象和比兴手法的运用上都富有创造性，从而大大地丰富了中国诗歌的创作经验。以《离骚》为代表的《楚辞》和以《国风》为代表的《诗经》，共同构成了中国诗歌创作的优良传统，对后世有深远的影响。

帝高阳之苗裔兮①，朕皇考曰伯庸②。摄提贞于孟陬兮③，惟庚寅吾以降④。皇览揆余初度兮⑤，肇锡余以嘉名⑥：名余曰正则兮，字余曰灵均。纷吾既有此内美兮⑦，又重之以修能⑧。扈江离与辟芷兮⑨，纫秋兰以为佩⑩。汩余若将不及兮⑪，恐年岁之不吾与⑫。朝搴阰之木兰兮⑬，夕揽洲之宿莽⑭。日月忽其不淹兮⑮，春与秋其代序⑯。惟草木之零落兮⑰，恐美人之迟暮⑱。不抚壮而弃秽兮⑲，何不改此度⑳？乘骐骥以驰骋兮㉑，来吾道夫先路㉒！

【注释】

① 高阳：传说中古代帝王颛顼（zhuān xū）即位后用的称号。兮（xī）：语气词，相当于“啊”。② 朕（zhèn）：我。在秦始皇以前，一般人均可以用“朕”自称。皇：大。考：对亡父的尊称。③ 摄提：古代星历学中的“太岁纪年法”，把太岁在天空寅位的那一年称为“摄提格”。这里“摄提”一般认为是“摄提格”的简称，即指寅年。贞：正当。孟陬（zōu）：指正月，夏历正月为寅月。④ 惟：发语词。庚寅：屈

原的生日，以干支计称，适为庚寅。以上二句说明屈原正好生于寅年寅月寅日。降：降生。⑤ 皇：即指上文所说的“皇考”。揆（kuí）：度量。初度：刚生下时的样子。⑥ 肇（zhào）：开始。锡：赐予。⑦ 纷：盛多的样子。⑧ 重（chóng）：加上。修能：优秀的才能。⑨ 扈（hù）：楚方言，披。江离：香草，即芎䓖（xiōng qióng），也叫川芎。辟芷：生长在幽僻之处的芷草。芷：香草，即白芷。⑩ 纫（rèn）：连结。秋兰：香草，即兰草或泽兰。⑪ 汩（gǔ）：楚方言，水流很快的样子。⑫ 不吾与：不等我。⑬ 搴（qiān）：楚方言，折取。阰（pí）：土坡。木兰：香树，亦称黄心树、紫玉兰，据说此树去皮不死。⑭ 揽：采摘。洲：水中的陆地。宿莽：经冬不枯的草；一说为拔心不死的卷施草。⑮ 忽：过得很快的样子。淹：久留。⑯ 代序：时序更相替换。⑰ 惟：思，想。⑱ 美人：泛指有才德的人。一说指楚怀王。迟暮：指年老。⑲ 抚：持有，引申为凭借。壮：壮盛之年。秽（huì）：不干净的东西，喻恶秽的行为。⑳ 度：法度。㉑ 骐骥（qí jì）：骏马，比喻贤能的人。㉒ 来：来吧，招呼楚王之词。道：同“导”，引导。夫（fú）：语助词。先路：前面的路。

昔三后之纯粹兮[①]，固众芳之所在[②]；杂申椒与菌桂兮[③]，岂维纫夫蕙茝[④]？ 彼尧舜之耿介兮[⑤]，既遵道而得路[⑥]；何桀纣之猖披兮[⑦]，夫唯捷径以窘步[⑧]。 惟夫党人之偷乐兮[⑨]，路幽昧以险隘。 岂余身之惮殃兮[⑩]，恐皇舆之败绩[⑪]！ 忽奔走以先后兮，及前王之踵武[⑫]。 荃不察余之中情兮[⑬]，反信谗而齌怒[⑭]。 余固知謇謇之

为患兮⑮，忍而不能舍也。指九天以为正兮⑯，夫唯灵修之故也⑰。初既与余成言兮⑱，后悔遁而有他⑲。余既不难夫离别兮，伤灵修之数化⑳。

【注释】

① 三后：指传说中三位古代贤君，即夏禹、商汤、周文王。后：君王。纯粹：无杂质，指德行完美。② 固：本来，原来。众芳：比喻众多的贤臣。③ 杂：动词。杂用，兼有。申：重叠。椒：花椒，一种香物。菌(jùn)桂：桂树的一种，树干正圆，皮薄可卷，也是一种香物。"椒"、"桂"都比喻贤臣。④ 维：同"唯"，只。蕙：香草，与兰草同类，亦名薰草、零陵香、佩兰。茝(zhǐ)：同"芷"，即白芷。"蕙"、"芷"都比喻贤臣。⑤ 尧舜：唐尧、虞舜，传说中的上古圣君。耿介：光明正大。⑥ 道：正道，正确的道理。路：比喻治国的正确途径。⑦ 桀(jié)：夏桀，夏朝最后一个君主。纣(zhòu)：商纣，商代最后一个君主。桀、纣都是暴君。猖披：猖狂放肆。⑧ 捷径：歪斜的小路。窘(jiǒng)步：难以举步，行走艰难。⑨ 夫：指示代词。彼，那些。党人：结党营私之人，指楚国当权的贵族集团。偷乐：苟安享乐。偷：苟且。⑩ 惮(dàn)：害怕。⑪ 舆(yú)：车。皇舆：指国君乘坐的高大车辆，比喻楚王朝。败绩：作战大败，战车翻倒，比喻王朝倾覆。⑫ 踵(zhǒng)武：足迹。⑬ 荃(quán)：香草，俗名石菖蒲，《楚辞》中也常作"荪"，比喻国君。⑭ 齌(jì)怒：暴怒。齌：本为急火煮饭的意思。⑮ 謇謇(jiǎn)：正直敢言的样子。⑯ 指九天：指着上帝起誓。九天：传说天有九重，上帝在最上一层。正：通"证"。⑰ 灵修：指楚怀王。"灵"是聪

明的意思,“修”是美好的意思。《楚辞》中常用夫妇关系比喻君臣关系,灵修,就是借妻子对丈夫的美称来做臣对君的美称。一说“灵”指神,“修”是长的意思,这里是以君主的“神明远见”代称楚王。⑱ 成言:约定、说定。译注者按:“初既与余成言兮”一句上,原有“曰黄昏以为期兮,羌中道而改路”两句,研究者多认为是《九章·抽思》中相似文句窜入本篇。今从之删除,也不再今译。⑲ 遁(dùn):变迁。他:另一种主意。⑳ 数(shuò):多次。

余既滋兰之九畹兮①,又树蕙之百亩②。畦留夷与揭车兮③,杂杜衡与芳芷④。冀枝叶之峻茂兮⑤,愿俟时乎吾将刈⑥。虽萎绝其亦何伤兮⑦,哀众芳之芜秽⑧。众皆竞进以贪婪兮,凭不厌乎求索⑨。羌内恕己以量人兮⑩,各兴心而嫉妒⑪。忽驰骛以追逐兮⑫,非余心之所急。老冉冉其将至兮⑬,恐修名之不立⑭。朝饮木兰之坠露兮,夕餐秋菊之落英⑮。苟余情其信姱以练要兮⑯,长颇颔亦何伤⑰。揽木根以结茝兮⑱,贯薜荔之落蕊⑲。矫菌桂以纫蕙兮⑳,索胡绳之骊骊㉑。謇吾法夫前修兮㉒,非世俗之所服㉓。虽不周于今之人兮㉔,愿依彭咸之遗则㉕。长太息以掩涕兮㉖,哀民生之多艰㉗。余虽好修姱以鞿羁兮㉘,謇朝谇而夕替㉙。既替余以蕙纕兮㉚,又申之以揽茝㉛。亦余心之所善兮㉜,虽九死其犹未悔。怨灵修之浩荡兮㉝,终不察夫民心。众女嫉余之蛾眉兮㉞,谣诼谓余以善淫㉟。固时俗之工巧兮㊱,偭规矩而改错㊲;背绳墨以追曲兮㊳,竞

周容以为度㊴。忳郁邑余侘傺兮㊵，吾独穷困乎此时也。宁溘死以流亡兮㊶，余不忍为此态也㊷！鸷鸟之不群兮㊸，自前世而固然。何方圜之能周兮㊹，夫孰异道而相安！屈心而抑志兮㊺，忍尤而攘诟㊻。伏清白以死直兮㊼，固前圣之所厚㊽。

【注释】

① 滋：种植。畹（wǎn）：历来说法不一，或说十二亩，或说二十亩，或说三十亩。九畹，表示种得很多。② 树：种植。百亩，也是表示种得很多的意思。③ 畦（qí）：田垄，此作动词，指按垄栽种。留夷：香草，即芍药。揭车：香草，高数尺，花白，味辛。④ 杂：间种。杜衡：香草，叶似葵，有香味。芳芷：即白芷。⑤ 冀（jì）：希望。峻茂：高大茂盛。⑥ 俟（sì）：等待。时：芳草长成之时。刈（yì）：收割。⑦ 绝：凋谢。⑧ 芜（wú）秽：乱草丛生。“众芳芜秽”比喻人才变质。⑨ 凭：楚方言，满的意思。乎：于。求索：对权势钱财的追求索取。⑩ 羌（qiāng）：楚方言，发语词。内：对内，对自己。恕：宽容。量：动词，估摸，猜度。⑪ 兴心：生心。⑫ 驰骛（wù）：狂奔乱跑。⑬ 冉冉（rǎn）：渐渐。⑭ 修名：美名。⑮ 落：始。落英，初生的花。⑯ 苟：假如。信：确实。姱（kuā）：美好。练要：简练扼要，精神专一的意思。⑰ 颇颔（kǎn hàn）：吃不饱饭，面黄肌瘦的样子。⑱ 木根：木兰的根。⑲ 贯：串连。薜荔（bì lì）：常绿灌木，蔓生，亦名木莲，俗名木馒头。⑳ 矫：举。㉑ 索：动词，搓绳。胡绳：一种蔓生的香草，或说即延胡索。缅缅（xǐ）：形容绳子长又好的样子。㉒ 謇（jiǎn）：楚方言，发语词。法：效法。前修：前

代的圣贤。㉓ 服：穿戴。㉔ 周：符合。㉕ 彭咸：传说是殷代的贤臣，因劝谏君主的意见不被采纳，投水自尽。遗则：前代贤人留下的榜样。㉖ 太息：叹息。㉗ 民：人，指广大的楚国人。㉘ 虽：是“唯”的借字。鞿羁(jī jī)：喻受到约束。鞿：马缰绳。羁：马笼头。㉙ 谇(suì)：责骂。替：废弃。㉚ 纕(xiāng)：佩饰。㉛ 申：重复，加上。㉜ 亦：语助词。㉝ 浩荡：本义是形容水面宽广，这里是无所用心的意思，等于说糊涂。㉞ 众女：比喻楚国贵族中的诽谤者。蛾眉：比喻女子的眉毛像蚕蛾的触须那样弯曲，这在古代是美貌的象征。㉟ 谣诼(zhuó)：造谣诽谤。㊱ 工巧：善于投机取巧。㊲ 偭(miǎn)：违背。规：画圆的工具。矩：画方的工具。规矩，喻法度。错：通“措”，指措施。㊳ 绳墨：划直线的墨斗墨线，比喻正道。㊴ 周容：苟合求容。度：常规。㊵ 忳(tún)郁邑：忧愁烦闷的样子。侘傺(chà chì)：楚方言，怅然若失的样子。㊶ 溘(kè)：忽然。流亡：一般解释为放逐，但在这句中因有“溘死”在前，显然不能再解为放逐，现取郭沫若先生《屈原赋今译》中“魂离魄散”的说法。㊷ 此态：指苟合求容之态。㊸ 鸷(zhì)：猛禽，如鹰、雕、隼等。不群：不与一般鸟合群。㊹ 圜：同“圆”。㊺ 屈心：忍受委屈。抑志：压抑意志。㊻ 尤：罪过。攘诟(rǎng gòu)：招来侮辱。㊼ 伏：意为全身心都扑在某件事上。死直：为直道而死。㊽ 厚：动词，看重、重视。

悔相道之不察兮①，延伫乎吾将反②。回朕车以复路兮，及行迷之未远③。步余马于兰皋兮④，驰椒丘且

焉止息⑤。进不入以离尤兮⑥，退将复修吾初服⑦。制芰荷以为衣兮⑧，集芙蓉以为裳⑨。不吾知其亦已兮⑩，苟余情其信芳⑪。高余冠之岌岌兮⑫，长余佩之陆离⑬。芳与泽其杂糅兮⑭，唯昭质其犹未亏⑮。忽反顾以游目兮⑯，将往观乎四荒⑰。佩缤纷其繁饰兮⑱，芳菲菲其弥章⑲。民生各有所乐兮，余独好修以为常⑳。虽体解吾犹未变兮㉑，岂余心之可惩㉒！

【注释】

① 相：观看。② 延伫（zhù）：长久地站着，表示犹豫不决。③ 及：趁着。行迷：走上迷途。④ 皋（gāo）：水边的高地。⑤ 丘：小山。焉：于此，在这里。⑥ 进：指在朝廷中任职。不入：不受接纳，不被信任。离：通“罹”，遭到。⑦ 退：隐退。初服：当初未进仕时的服饰。⑧ 芰（jì）：菱，此指菱叶。荷：荷叶。衣：上衣。⑨ 芙蓉：荷花。裳：下衣。⑩ 已：止，罢了。⑪ 信：真正。⑫ 高：动词，使之高的意思。岌（jí）岌：高耸的样子。⑬ 长：动词，使之长的意思。陆离：长长的样子。⑭ 泽：通“袢（zé）”，汗衣，引申为污垢的意思。杂糅（róu）：混杂在一起。⑮ 昭质：洁净光明的品质。⑯ 游目：纵目远望。⑰ 四荒：四方边远之处。荒：远。⑱ 缤（bīn）纷：盛多。⑲ 菲菲：香气浓郁。弥：更加。章：通“彰”，显著。⑳ 常：习惯。㉑ 体解：古代的一种酷刑，将人肢解。㉒ 惩：受戒而止的意思。

女嬃之婵媛兮①，申申其詈予②。曰：“鲧婞直以亡身兮[3]，终然殀乎羽之野[4]。汝何博謇而好修兮[5]，纷独有此姱节？薋菉葹以盈室兮[6]，判独离而不服[7]。众不可户说兮[8]，孰云察余之中情[9]？世并举而好朋兮[10]，夫何茕独而不予听[11]？”依前圣以节中兮[12]，喟凭心而历兹[13]。济沅湘以南征兮[14]，就重华而陈词[15]：“启《九辩》与《九歌》兮[16]，夏康娱以自纵[17]。不顾难以图后兮[18]，五子用失乎家巷[19]。羿淫游以佚畋兮[20]，又好射夫封狐[21]。固乱流其鲜终兮[22]，浞又贪夫厥家[23]。浇身被服强圉兮[24]，纵欲而不忍[25]。日康娱而自忘兮，厥首用夫颠陨[26]。夏桀之常违兮[27]，乃遂焉而逢殃[28]。后辛之菹醢兮[29]，殷宗用而不长[30]。汤禹俨而祗敬兮[31]，周论道而莫差[32]。举贤而授能兮，循绳墨而不颇[33]。皇天无私阿兮[34]，览民德焉错辅[35]。夫维圣哲以茂行兮[36]，苟得用此下土[37]。瞻前而顾后兮[38]，相观民之计极[39]。夫孰非义而可用兮，孰非善而可服[40]？阽余身而危死兮[41]，览余初其犹未悔[42]。不量凿而正枘兮[43]，固前修以菹醢[44]。”曾歔欷余郁邑兮[45]，哀朕时之不当[46]。揽茹蕙以掩涕兮[47]，沾余襟之浪浪[48]。

【注释】

① 女媭(xū)：一说女媭是屈原的姐姐，因为“媭”在楚方言中是姐妹的通称。根据文义看，这里“女媭”是屈原所假设的一个“老大姐”式的人物。婵媛(chán yuán)：楚方言“啴咺”的借字，因说话愤急而喘息的样子。② 申申：反复地，再三再四地。詈(lì)：责骂。③ 曰：说。下面的一段话为女媭所说。鲧(gǔn)：传说是夏禹的父亲，因治水不

成，被虞舜放逐到羽山之野，最终死在那里。婞(xìng)直：刚直。亡身：即忘身，意思是不顾个人的安危。④ 殀(yāo)：死。乎：于。羽：羽山，神话中的地名，传说在东海之滨。⑤ 博：广泛，多方面。謇：直言。⑥ 薋(zī)：动词，指草的堆积。菉(lù)：草名，亦称王刍、淡竹叶。葹(shī)：草名，即苍耳。"菉"、"葹"都是很普通的草。⑦ 判：与众有别。⑧ 户说：各家各户地解说。⑨ 余：这是女嬃站在屈原一边说话的语气，等于说"咱们"。⑩ 并举：意思是都这样行事。朋：朋党，结成一伙。⑪ 茕(qióng)独：孤独。不予听：即"不听予"的倒语。(女嬃的话到此为止) ⑫ 节中：不偏不倚，没有偏差。⑬ 喟(kuì)：叹息。凭：满，指愤懑。历兹：至此。⑭ 济：渡。沅湘：沅水、湘水，在今湖南省。征：行。⑮ 就：投向。重华：虞舜之名。⑯ 启：夏启，传说中夏朝的君主，夏禹之子。《九辩》、《九歌》：乐曲名，古代神话中说是夏启从天帝处取得的。⑰ 夏：指夏启。康娱：寻欢作乐。⑱ 顾难(nàn)：看到危难。图后：考虑以后的事。⑲ 五子：夏启的五个儿子。失：衍字，应删。用乎：因而。家巷：内讧、内乱。传说夏启五个儿子被贬在观地，称"五观"。夏启十年至十一年间，"五观"发动叛乱；乱平以后，夏启最小的儿子武观被放逐到西河。夏启十五年，武观又在西河叛乱。这里"五子家巷"是兼指前后两次叛乱而言。⑳ 羿(yì)：传说中夏代有穷国的君主，曾起兵攻逐夏启之子太康。淫：过分，无度。佚(yì)：放纵。畋(tián)：打猎。㉑ 封狐：大狐，泛指大的野兽。㉒ 乱流：淫乱之辈。鲜：少。终：名词，结果、下场。㉓ 浞(zhuó)：寒浞，传说是羿的相，因贪恋羿妻，勾结羿的家臣逄蒙将羿杀死。厥(jué)：

其，指羿。家：家室，妻子。㉔ 浇：通“奡（ào）”，寒浞之子。被服：即披服，这里是身上具有的意思。强圉（yǔ）：即强御，强暴有力。㉕ 忍：克制。㉖ 颠陨（yǔn）：坠落。㉗ 常违：违常，违背常规。㉘ 遂焉：终于。㉙ 后：君王。辛：商纣之名。菹醢（zū hǎi）：古代将人剁碎，做成肉酱的一种酷刑。㉚ 殷宗：指商王朝。宗：宗祀。㉛ 俨（yǎn）：恭敬，严肃。祗（zhī）：与“敬”同义。㉜ 周：指周文王、周武王等人。㉝ 颇：偏，偏差。㉞ 阿：偏袒，袒护。㉟ 民德：人的品德。错：通“措”，设置，安排。辅：辅助。㊱ 哲：名词，指明智的人。茂行：盛德之行。㊲ 苟得：才能够。㊳ 瞻：向前看。顾：向后看。㊴ 相（xiàng）：观，观察。计：指立身处世的计划、打算。极：终极。㊵ 服：行。㊶ 阽（diàn）：临近危难。阽余身，等于说“余身阽”。危死：几乎死亡。㊷ 初：初衷，当初的心志。㊸ 凿（záo）：木器上凿出的孔眼，以便插榫（sǔn）头。枘（ruì）：榫头。㊹ 前修：前代贤人。㊺ 曾：通“增”，更加。歔欷（xū xī）：抽泣。郁邑：烦恼苦闷。㊻ 时：所处的时代。不当：没遇上。当：值。㊼ 茹：柔软。㊽ 沾：浸湿。浪浪（láng）：眼泪流淌的样子。

跪敷衽以陈辞兮①，耿吾既得此中正②。驷玉虬以乘鹥兮③，溘埃风余上征④。朝发轫于苍梧兮⑤，夕余至乎县圃⑥。欲少留此灵琐兮⑦，日忽忽其将暮。吾令羲和弭节兮⑧，望崦嵫而勿迫⑨。路曼曼其修远兮⑩，吾将上下而求索。饮余马于咸池兮⑪，总余辔乎扶桑⑫。折若木以拂日兮⑬，聊逍遥以相羊⑭。前望舒使先驱兮⑮，后飞廉使奔属⑯。鸾皇为余先戒兮⑰，雷师告余以未具⑱。吾令凤鸟飞腾兮⑲，继之以日夜。飘风屯其相离兮⑳，帅云霓而来御㉑。纷总总其离合兮㉒，斑陆离其上下㉓。吾令帝阍开关兮㉔，倚阊阖而望予㉕。时暧暧其将罢兮㉖，结幽兰而延伫㉗。世溷浊而不分兮㉘，好蔽美而嫉妒㉙。朝吾将济于白水兮㉚，登阆风而緤马㉛。忽反顾以流涕兮，哀高丘之无女㉜。溘吾游此春宫兮㉝，折琼枝以继佩㉞。及荣华之未落兮㉟，相下女之可诒㊱。吾令丰隆乘云兮㊲，求宓妃之所在㊳。解佩纕以结言兮㊴，吾令蹇修以为理㊵。纷总总其离合兮㊶，忽纬繣其难迁㊷。夕归次于穷石兮㊸，朝濯发乎洧盘㊹。保厥美以骄傲兮㊺，日康娱以淫游。虽信美而无礼兮，来违弃而改求㊻。览相观于四极兮㊼，周流乎天余乃下。望瑶台之偃蹇兮㊽，见有娀之佚女㊾。吾令鸩为媒兮㊿，鸩告余以不好。雄鸠之鸣逝兮51，余犹恶其佻巧52。心犹豫而狐疑兮，欲自适而不可53。凤皇既受诒兮54，恐高辛之先我55。欲远集而无所止兮56，聊浮游以逍遥57。及少康之未家兮58，留有虞之二姚59。理弱而媒拙兮，恐导言之不固60。世溷浊而嫉贤兮，好蔽美而称恶61。闺中既以邃远兮62，哲王又不寤63。怀朕情而不发兮，余焉能忍与此终古64！

【注释】

① 敷：铺开。衽（rèn）：衣襟。② 耿：明亮。中正：正道。③ 驷（sì）：古代四马驾一车为驷，这里用为动词。玉虬（qiú）：佩玉饰的虬。虬：传说中的一种龙。乘鹥（yī）：以

凤为车而乘之。鹥：凤凰一类的鸟。④ 溘(kè)：忽然。埃风：夹带尘埃的大风。征：行。⑤ 发轫(rèn)：启程出发。轫：停车时防止车轮滑动的木块。苍梧：山名，即九疑山，在今湖南省宁远县东南。⑥ 县圃：神话中的地名，传说在昆仑山的中层。⑦ 灵琐：神仙所住之地的门。琐：是门上雕刻的花纹，这里指门。⑧ 羲(xī)和：神话中为日神驾车者。弭(mǐ)节：停车。弭：停止。节：度，指车行的速度。⑨ 崦嵫(yān zī)：神话中山名，是太阳所入之处。⑩ 曼曼：通"漫漫"，路途漫长。修：长。⑪ 咸池：神话中的天池，据说太阳出来时在此洗浴。⑫ 总：系。辔(pèi)：缰绳。扶桑：神话中生于东方日出处的大树。⑬ 若木：神话中生于西方日落处的大树。拂日：拦住太阳，阻止其下落。拂：逆。⑭ 聊：姑且。逍遥：悠然自得的样子。相羊：通"徜徉(cháng yáng)"，徘徊。⑮ 望舒：神话中为月神驾车的人。⑯ 飞廉：神话中的风神。属(zhǔ)：追随。⑰ 鸾(luán)：形态像凤一类的鸟。皇：通"凰"，雌凤。先戒：警戒开道。⑱ 雷师：雷神。未具：行装还没准备好。⑲ 凤鸟：此指凤车。⑳ 飘风：旋风。屯：聚集。离：通"丽"，附拢。㉑ 帅：通"率"。云霓(ní)：泛指云霞。霓：副虹。虹是太阳光线射入水汽而返照出现在空中的彩色圆弧。旧说红色在外，紫色在内，颜色鲜艳的叫正虹，反之叫副虹。御：通"迓(yà)"，迎接。㉒ 纷总总：纷然杂聚的样子。离合：忽散忽聚，流动变化。㉓ 斑：杂色交织的样子。上下：忽高忽低，飘移不定。㉔ 帝阍(hūn)：为天帝守门之神。阍：守门人。㉕ 阊阖(chāng hé)：天门。㉖ 时：时光。暧(ài)暧：光线昏淡的样子，指黄昏时的景象。罢：尽。㉗ 幽兰：生于幽僻之处的兰草。㉘ 溷(hùn)浊：混乱污浊。㉙ 好(hào)：喜欢。蔽：遮蔽。美：指贤德的人。㉚ 白水：神话中的水名，据说发源于昆仑山。㉛ 阆(làng)风：神话中的地名，在昆仑山上，一说即县圃。緤(xiè)：拴。㉜ 高丘：高山，指阆风。女：神女，暗喻志同道合者。㉝ 春宫：神话中东方的仙宫。㉞ 琼枝：玉树的枝。㉟ 及：趁着。"荣"、"华"都是花。这里是玉树枝上的花。㊱ 下女：指下文提到的宓妃等人。因相对于高丘神女而言，故称下女。诒(yí)：通"贻"，赠给。㊲ 丰隆：神话中的云神。㊳ 宓(fú)妃：神话中人名，据说是古帝伏羲之女。㊴ 纕(xiāng)：佩饰。结言：订约。㊵ 蹇(jiǎn)修：人名，是诗人假设的人物。理：媒人。㊶ 纷总总：这里是形容情况迷乱，不明朗。离合：忽离忽合，指宓妃态度变化不定。㊷ 纬繣(wěi huà)：态度别扭，不相投合。难迁：难以改变。㊸ 次：止宿。穷石：神话中地名。㊹ 濯(zhuó)：洗梳。洧(wěi 伪)盘：神话中水名。㊺ 保：恃，仗。厥：其，指宓妃。㊻ 来：招呼之词。违弃：丢开。㊼ 览：看。"相"、"观"也是看的意思。四极：指天上四方的终极。㊽ 瑶台：玉台。偃(yǎn)蹇：高耸的样子。㊾ 有娀(sōng)：古代传说中的国名。佚女：美女。古代神话说有娀氏的美女名简狄，住在高台上。后来成为帝喾(kù)之妃，生子契，是商朝的始祖。㊿ 鸩(zhèn)：传说中的一种恶鸟，羽有毒。(51) 鸠(jiū)：斑鸠。逝：飞走。(52) 恶(wù)：憎恶。佻(tiāo)巧：轻佻。(53) 适：往。(54) 凤皇：通"凤凰"。诒：通"贻"，这里是名词，指礼物、聘礼。(55) 高辛：帝喾即位后用的称号。(56) 集：本指鸟栖于树，这里与"止"同义，停留。(57) 浮游：游荡。(58) 少康：传说是夏代的中兴之主。夏相之子。夏相被浇所杀，少康逃到有虞国，娶了有虞国君的两个女儿，后借有虞的力量灭浇，恢复夏朝。未家：未成家。59 有虞：国名，姚姓。二姚：指有虞国君的两个女儿。60 导言：媒人为双方传达意思。61 称：举，此有张扬，宣扬的意思。62 闺：旧称女子的居室。邃（suì）：深远。63 哲王：指楚怀王。寤（wù）：通“悟”，醒悟。64 终古：永远。

索藑茅以筳篿兮[1]，命灵氛为余占之[2]。曰：“两美其必合兮，孰信修而慕之[3]？思九州之博大兮[4]，岂唯是其有女[5]？”曰：“勉远逝而无狐疑兮[6]，孰求美而释女[7]？何所独无芳草兮[8]，尔何怀乎故宇[9]？世幽昧以昡曜兮[10]，孰云察余之善恶？民好恶其不同兮，惟此党人其独异。户服艾以盈要兮[11]，谓幽兰其不可佩。览察草木其犹未得兮，岂珵美之能当[12]？苏粪壤以充帏兮[13]，谓申椒其不芳。”欲从灵氛之吉占兮，心犹豫而狐疑。巫咸将夕降兮[14]，怀椒糈而要之[15]。百神翳其备降兮[16]，九疑缤其并迎[17]。皇剡剡其扬灵兮[18]，告余以吉故[19]。曰：“勉陞降以上下兮[20]，求矩矱之所同[21]。汤、禹严而求合兮[22]，挚、咎繇而能调[23]。苟中情其好修兮[24]，又何必用夫行媒[25]？说操筑于傅岩兮[26]，武丁用而不疑[27]。吕望之鼓刀兮[28]，遭周文而得举[29]。宁戚之讴歌兮[30]，齐桓闻以该辅[31]。及年岁之未晏兮[32]，时亦犹其未央[33]。恐鹈鴂之先鸣兮[34]，使夫百草为之不芳[35]。”何琼佩之偃蹇兮[36]，众薆然而蔽之[37]。惟此党人之不谅兮[38]，恐嫉妒而折之[39]。时缤纷其变易兮，又何可以淹留。兰芷变而不芳兮，荃蕙化而为茅[40]。何昔日之芳草兮，今直为此萧艾也[41]！岂其有他故兮，莫好修之害也。余以兰为可恃兮，羌无实而容长[42]；委厥美以从俗兮[43]，苟得列乎众芳[44]。椒专佞以慢慆兮[45]，榝又欲充夫佩帏[46]。既干进而务入兮[47]，又何芳之能祗[48]？固时俗之流从兮，又孰能无变化？览椒兰其若兹兮[49]，又况揭车与江离。惟兹佩之可贵兮[50]，委厥美而历兹[51]。芳菲菲而难亏兮[52]，芬至今犹未沬[53]。和调度以自娱兮[54]，聊浮游而求女。及余饰之方壮兮[55]，周流观乎上下。

【注释】

① 索：索取。藑(qióng)茅：一种占卜用的茅草。筳篿(tíng zhuān)：都是算卦用的竹片。用茅草、竹片占卜算卦，是楚国常用的两种不同的方法。② 灵：巫。氛：巫者之名。传说巫氛是上古的神巫，诗中假设请他来算卦。占(zhān)：占卜，算卦。③ 曰：主语是屈原，以下四句是屈原的问卜之词。其：表示肯定语气的语助词。慕：追求。之：它，指“两美必合”这类事情。④ 九州：古代中国曾划分为九州。这里“九州”是全中国的代称。⑤ 是：此，此地，指楚国。⑥ 曰：主语是灵氛，以下至“谓申椒其不芳”是灵氛的答语。勉：努力。⑦ 释：放开。女：通“汝”，指屈原。⑧ 芳草：比喻所求之女。⑨ 故宇：旧居。⑩ 昡曜(xuàn yào)：本指日光强烈，引申为眼光迷乱的意思。⑪ 艾：艾草，诗人把它作为一种恶草。盈：充满。要：通“腰”。⑫ 珵(chéng)：美玉。当：适当的评价。⑬ 苏：取。充：塞满。帏(wéi)：古

人佩带的香袋。⑭ 巫咸:传说中上古神巫,这里假设请巫咸降神。降:降神,巫者假装有天神下降,附在他身上,他就代神发出指示。降神都在晚间,所以说“夕降”。⑮ 怀:带着。椒:花椒,用以浸酒敬神。糈(xǔ):精米,祭神所用。要(yāo):拦截,这里是迎候的意思。⑯ 翳(yì):遮蔽,这里形容下来的神很多。备:全,齐。⑰ 九疑:指九疑山的诸神。缤:盛多的样子。⑱ 皇剡剡(yǎn):大放光彩的样子。其:指众神。扬灵:神灵显现。⑲ 吉故:吉利的故事,指下文所述君臣遇合的事例。⑳ 曰:主语是巫咸,以下至“使夫百草为之不芳”,是巫咸代天神讲的话。㉑ 矩(jǔ):画方形的工具。矱(huò):尺度。矩矱,比喻准则。㉒ 严:恭敬诚心的意思。㉓ 挚(zhì):即伊尹,传说是商汤的贤相。咎繇(gāo yáo):即皋陶,传说是夏禹的贤臣。调(tiáo):协调,和谐。㉔ 好(hào):喜欢。㉕ 用:因,借助。㉖ 说(yuè):即傅说,据说先是从事版筑的奴隶,后为殷高宗的贤相。操:拿着。筑:打土墙所用的捣土棒。傅岩:古地名,在今山西省平陆县东。㉗ 武丁:殷高宗名。相传武丁梦中得贤臣,后来在刑徒中发现傅说与梦中贤臣长得一样,就用他为相。㉘ 吕望:即姜太公,本姓吕,名尚,曾被人称为太公望,所以又叫吕望。鼓刀:使屠刀发出声响。传说姜太公曾在殷都当过屠夫,宰牛为生。鼓:鸣响。㉙ 周文:周文王。举:举用。㉚ 宁戚:春秋时卫国人,传说他经商于齐,夜间喂牛,望见齐桓公,就吟唱《饭牛歌》,发怀才不遇之叹;桓公与他交谈之后,用他为卿。㉛ 齐桓:齐桓公,春秋前期齐国君主。该辅,备位于辅佐大臣之列。该:备。㉜ 晏:晚,迟。㉝ 央:尽。㉞ 鹈鴂(tí jué):鸟名,即子规、杜鹃,鸣于春末夏初之时。㉟ 百草:各种花草。㊱ 琼佩:佩玉,比喻美德。偃蹇:这里是高卓的意思。㊲ 薆(ài)然:因遮蔽而变暗的样子。㊳ 不谅:不讲信义。谅:信。㊴ 折:摧损。㊵ 荃:石菖蒲,一种香草。蕙:与兰草同类,又名薰草、零陵香、佩兰。茅:恶草。㊶ 萧:秋季变老的白蒿。㊷ 容:外表。长:这里是美好的意思。㊸ 委:丢弃。㊹ 苟:苟且。众芳:这里比喻被世俗所称而徒有虚名的人。㊺ 专:专横。佞(nìng):谄媚。慢、慆(tāo):都是傲慢的意思。㊻ 榝(shā):木本植物食茱萸(zhū yú)所结的子,也叫榄(dǎng)子。㊼ 干进、务入:都是指钻营,向上爬。㊽ 祗(zhī):敬重,看重。㊾ 若兹:如此。㊿ 兹佩:此佩,指诗人自己的佩饰。(51) 委:这里是被人鄙弃的意思。历兹:至此。(52) 亏:亏损。(53) 沫(mèi):通"昧",暗淡。(54) 和:动词。调节而使之和谐的意思。调(diào):指佩玉发出的声响。度:指有规律的步伐。(55) 壮:盛美。

灵氛既告余以吉占兮,历吉日乎吾将行①。折琼枝以为羞兮②,精琼爢以为粻③。为余驾飞龙兮,杂瑶象以为车④。何离心之可同兮,吾将远逝以自疏。邅吾道夫昆仑兮⑤,路修远以周流。扬云霓之晻蔼兮⑥,鸣玉鸾之啾啾⑦。朝发轫于天津兮⑧,夕余至乎西极⑨。凤皇翼其承旂兮⑩,高翱翔之翼翼⑪。忽吾行此流沙兮⑫,遵赤水而容与⑬。麾蛟龙使梁津兮⑭,诏西皇使涉予⑮。路修远以多艰兮,腾众车使径待⑯。路不周以左转兮⑰,指西海以为期⑱。屯余车其千乘兮⑲,齐玉

轪而并驰[20]。驾八龙之婉婉兮[21]，载云旗之委蛇[22]。抑志而弭节兮[23]，神高驰之邈邈[24]。奏《九歌》而舞《韶》兮[25]，聊假日以媮乐[26]。陟陞皇之赫戏兮[27]，忽临睨夫旧乡[28]。仆夫悲余马怀兮，蜷局顾而不行[29]。

【注释】

① 历：选择。② 羞：肉干，这里指菜肴。③ 精：动词，精选。琼爢（mí）：玉屑。粻（zhāng）：粮食。④ 杂：动词，兼用。瑶：美玉。象：象牙。⑤ 邅（zhān）：楚方言，转弯、转道。⑥ 云霓：云霞，这里是说以云霞为旌旗。晻蔼（yǎn ǎi）：因云霞蔽日而光线变暗的样子。⑦ 鸣：发出响声。玉鸾：玉铃。啾啾（jiū）：指铃声。⑧ 天津：天河，在天上东方箕星与南斗星之间。⑨ 西极：天上西方的尽头。⑩ 翼：展开翅膀。承：接。旂（qí）：同"旗"，指云旗。⑪ 翼翼：整齐有节的样子。⑫ 流沙：神话中的西方沙漠，那里的沙流动不停。⑬ 赤水：神话中水名，据说源出昆仑山。容与：徘徊，缓行。⑭ 麾（huī）：指挥。梁：桥，这里作动词，意思是架桥。⑮ 诏：命令。西皇：神话中的古帝少皞（hào）氏，是西方之神。涉：渡过。⑯ 腾：升起。径：直，直接。待：当作"侍"，形近致误。侍：侍卫的意思。⑰ 不周：神话中的山名，在昆仑山西北。⑱ 西海：神话中西方的海。期：约定，这里指约定之地，众车聚会的目的地。⑲ 屯：聚集。乘（shèng）：古代四匹马拉一车称一乘；千乘，指车辆很多。⑳ 轪（dài）：楚方言，车轮。㉑ 婉婉（wān）：蜿蜒而行的样子。㉒ 委蛇（wēi yí）：卷曲而延伸的样子。㉓ 抑志：控制心情，定下心来。㉔ 神：神思，思绪。邈邈（miǎo）：遥远的样

子。㉕ 韶(sháo):即《九韶》,传说是虞舜时的乐舞。㉖ 假:借。日:指时光。媮(yú):通"愉"。㉗ 陟(zhì)陞:上升。皇:指天。赫戏:大放光明的样子。㉘ 临:俯临。睨(nì):旁视。㉙ 蜷(quán)局:拳曲不伸。

乱曰[1]:已矣哉[2]! 国无人莫我知兮,又何怀乎故都[3]? 既莫足与为美政兮[4],吾将从彭咸之所居[5]。

【注释】

① 乱:古代乐歌中结尾时的齐奏合唱,即尾声。《楚辞》源于乐歌,所以不少篇都有"乱"词。从诗的结构看,"乱"就是全篇的结语。② 已矣哉:等于说"罢了"。③ 故都:等于说"故国"。④ 美政:诗人理想中的美好政治。⑤ 彭咸:见前"愿依彭咸之遗则"句注。居:归宿之处。

【翻译】

我是古帝颛顼的后代啊,
伟大的先父名叫伯庸。
太岁在寅那年,正当新正之月啊,
又恰是庚寅之日,我在世上降生。
父亲细看我初生的姿态啊,
一开头就赐我以美名。
为我取名叫正则啊,
又取了字号叫灵均。
我既有这么多内在的美德啊,

又外加优越的才能。
身披香草江离和幽雅的白芷啊，
还编结秋兰作为佩带更加芳馨。
时光飞快，我似乎要来不及啊，
心里总怕岁月流逝不把我等待。
清晨摘取山坡上的香木兰啊，
傍晚又把经冬不枯的香草来采。
日月飞驰不停留啊，
春去秋来轮回替代。
想那花草树木都要凋零啊，
唯恐美人也将有暮年到来。
你为什么不趁着壮年抛弃恶习啊，
又为什么不改变原来的法度？
你若乘上骏马而奔驰啊，
那就来吧，请让我为你带路！
古代的三王德行完美啊，
众多的贤臣在朝中辅助。
既有累累的花椒子，又有卷卷的桂树皮啊，
岂只是把蕙草和白芷编在一处？
那尧舜是多么光明正大啊，
已遵循正道而走上了治国的坦途。
桀与纣是那样猖狂放肆啊，
他们只因走上邪路而难以举步。
那些结党营私之徒苟且偷安啊，
使国家的前途暗淡艰险。
我岂怕自身遭殃啊，

怕只怕王朝败落就像大车倒翻！
我前前后后奔走照料啊，
追随着前王的足迹不斜不偏。
君王不体察我的本心啊，
反而听信谗言对我怒火如燃。
我本知直言会招来祸殃啊，
想克制又怎能不声不响。
上天可以为我作证啊，
我这样做的缘故全是为了君王。
当初他已与我说定啊，
后来却翻悔另有它想。
我早已不怕被离弃啊，
伤心的是君王反复无常。
我已经培养了许多亩春兰啊，
又种植秋蕙亩数也不少。
分垄栽培留夷和揭车啊，
还套种了杜衡与芷草。
希望它们枝高叶茂啊，
但愿到时候我将会收获丰饶。
它们枝枯叶落倒不必悲伤啊，
可悲的是这么多香草变成了恶草。
众小人争权夺利贪婪成性啊，
装满了腰包还贪求不已。
对己宽容却猜疑他人啊，
都钩心斗角而满怀妒忌。
奔走追逐权势和财富啊，

这不是我急于追求的东西。
老年慢慢地就要到来啊，
怕的是美名未能树立。
早晨我吮饮木兰花的清露啊，
晚上又服食秋菊的花瓣。
只要我的情操确实美好而专一啊，
长久的饥饿憔悴又何必悲叹。
采来香木的根株系上白芷啊，
又把薜荔的花心联成一串。
拿起菌桂再编上蕙草啊，
搓成长长的胡绳花索垂在下边。
我效法那前代的贤人啊，
不作世俗的打扮。
虽不合今人的心意啊，
我愿遵循彭咸遗留的规范。
深深地叹息着擦拭眼泪啊，
我哀伤人们的生活多灾多难。
我只因热爱美德并以之约束自己啊，
却早晨受到责骂，晚上又被罢官。
这既是因为我以蕙草为佩饰啊，
又加上我采了白芷精心编连。
只要是我衷心喜爱的事啊，
纵然为它死上多次也不后悔半点。
恨只恨君王太糊涂啊，
人们的心意他总不察验。
贱人们嫉妒我的美貌啊，

造谣诬蔑我善于淫乱。
世俗的人本会投机取巧啊，
违背了规矩把措施改变。
背弃正道而追求邪曲啊，
争着苟合求容反以为合符常规。
烦闷苦恼，我深深地惆怅啊，
独有我在此时遭受穷困命运多舛。
宁肯即刻死亡魂离魄散啊，
我也不能把小人的丑态来现。
雄鹰猛雕不与燕雀为伍啊，
自古以来理所当然。
方和圆怎能合在一起啊，
哪有志趣各异的人能彼此相安？
心灵受屈精神压抑啊，
强忍指责把侮辱承担。
坚守清白为直道而死啊，
这本为前代圣贤所称赞。
后悔选择道路未曾细察啊，
徘徊不进我将要回还。
掉转我的车回到原来的道路啊，
趁着在迷途上还没走远。
遛我的马漫步在生有兰草的水边啊，
又奔向长着椒树的小山休息流连。
接近君王不成反遭责难啊，
只好退回去重修德行以偿宿愿。
用菱叶与荷叶制成上衣啊，

又采集荷花瓣做成下装。
不了解我也就算了啊，
只要我的内心真正芳洁高尚。
把我的花冠做得高高啊，
使我佩带结得长长。
芳香与污垢混杂一起啊，
唯有我洁白的品质还未受影响。
忽然回首纵目远望啊，
我将游观于遥远的四方。
服饰佩带丰富多彩啊，
香气勃勃愈来愈芬芳。
人们生来各有所好啊，
只有我爱好美德习以为常。
粉身碎骨我也不改变初衷啊，
难道我会因受到教训而放弃志向！
老大姐连喘带说心情急切啊，
反反复复将我告诫。
说道："伯鲧秉性刚直不顾自身啊，
终于死在羽山之野。
你为何事事直言又喜欢高洁啊，
你为何偏要坚持美好的品节？
屋子里堆满了普普通通的花草啊，
你却不肯佩带，与众有别。
对众人的误解不能挨家逐户去解说啊，
谁会将我们的本心详察关切？
世人都在成群结党啊，

你为何偏要孤独不听我的劝诫?”
我遵循前代圣贤的榜样并无偏差啊,
可叹的是心中愤懑直到如今。
渡过湘江、沅水我向南方远行啊,
要找虞舜诉说我的本心:
“夏启从天上取来《九辩》、《九歌》啊,

他就在寻欢作乐中放纵自身。
看不到危难也不考虑后果啊,
五个儿子因而内乱纷纭。
后羿游乐射猎漫无节制啊,
又喜欢射死大兽虎咽狼吞。
狂乱之辈本不会有好的结局啊,
他的家臣寒浞又对他的妻子起了贪心。
寒浞的儿子浇身强性暴啊,
纵欲胡为不能自忍。
天天游乐忘了自身危险啊,
他那脑袋因而掉落埃尘。
夏桀的行为违背常理啊,
终于遭到了祸殃。
商纣把人剁成肉酱啊,
殷王朝因此不能久长。
商汤、夏禹严肃而又恭敬啊,
周代的贤王讲究治国之道谨慎恰当。
举荐贤人授权能人啊,
遵守法度没有偏向。
皇天对人公正无私啊,

看谁有德就给他帮忙。
圣明之人德盛行美啊，
才得以享有天下，治理四方。
看一看前朝后代啊，
观察人们在立身处世上的根本打算。
哪有不义之事可以做啊，
哪有不善之事可以干？
我临近危险几乎要死亡啊，
回顾当初的追求却无后悔之感。
不度量插孔而削正榫头啊，
前代的贤人正因此而惨遭死难。”
我呜咽抽泣心情烦恼啊，
哀伤自己生不逢时。
拿来柔软的蕙草擦拭眼泪啊，
热泪滚滚还是沾湿了衣衫。
铺开衣襟跪着诉说这些话啊，
我感到豁然开朗已找到正路。
驾驭着玉龙乘上凤车啊，
立刻乘风奔向天上的征途。
清晨从九疑山启程啊，
黄昏便到了昆仑山上的县圃。
本想在仙门之前稍稍歇息啊，
太阳匆匆下落，时已近日暮。
我命日神的驭者停车不前啊，
望着崦嵫山不要靠近你的归宿处。
前途漫漫多么遥远啊，

我还要上天下地去寻求正路。
早上我饮马在那咸池啊，
又把马系在太阳升起的扶桑。
到黄昏折一枝若木来阻拦太阳下落啊，
且让我逍遥徘徊不慌不忙。
前边让月神的驭者开路啊，
后边让风神追随驰翔。
鸾鸟凤凰为我警戒开道啊，
雷公却告诉我还没有备好行装。
我令凤车升腾飞驰啊，
夜以继日不停奔忙。
旋风聚集向我靠拢啊，
率领着云霞来迎接护航。
缤纷的云霞聚散流动啊，
色彩斑斓上下飞扬。
我叫天帝的守门人为我开门啊，
他却冷眼相看斜靠在门旁。
暮色暗淡天光将尽啊，
我编结着幽兰久久彷徨。
世道混浊美丑不分啊，
专好嫉妒把好人阻挡。
清晨我渡过白水啊，
登上了阆风系马停留。
忽然回首不禁涕泪交流啊，
哀叹那高山上无美女可求。
匆匆地又来到东方的仙宫啊，

摘下了玉树枝把佩饰添修。
乘着玉树之花尚未凋落啊，
寻一个下界美女把礼品来投。
我命令丰隆驾起彩云啊，
寻找那宓妃在何处居留。
解下玉佩想和她订约啊，
我命蹇修为媒去通情由。
她态度变幻若即若离啊，
忽然又闹别扭再也不将就。
她晚上住在穷石啊，
清晨在洧盘边洗发梳头。
仗着她那美貌目中无人啊，
成天玩乐沉湎于冶游。
她诚然美丽却全无礼仪啊，
我将抛开她另作追求。
观察了遥远的四方啊，
走遍了天上又回到人间寻找。
远望那玉台高高耸立啊，
看见了有娀氏的美女简狄分外妖娆。
我令鸩鸟为我作媒啊，
它竟告诉我说她不好。
雄鸠叫嚷着飞去说合啊，
我又嫌它过于轻佻。
心中犹豫满腹狐疑啊，
想自己前去又觉不妙。
凤凰已受了聘礼为帝喾作媒啊，

恐怕他在我之前已把简狄娶讨。
想往远方又无处可去啊，
且让我漂流四方逍遥游荡。
乘着少康还没有成家啊，
还留着有虞氏的两个姑娘。
理由不足而媒人又笨拙啊，
恐怕说合不牢而白忙一场。
世道混浊而嫉妒贤能啊，
总喜欢掩人之美而把恶行张扬。
美人闺房既是深远难通啊，
君王又不能醒悟而心明眼亮。
满怀衷情无可抒发啊，
我怎能终身忍受这样的苦况！
找来算卦用的茅草和竹片啊，
请灵氛为我预卜休咎。
我问："双方美好一定可以结合啊，
就看谁真正美好并把这结合来求？
我想天下是多么广大啊，
难道那美女只是这里才有？"
灵氛答道："你努力远去不要犹豫啊，
谁寻求美好的人而会把你放弃？
天下何处没有芳草啊，
你为什么一定要怀恋故居？
世道昏暗而令人目眩啊，
谁会来识别我们是好是坏？
人们的好恶本来就不同啊，

这帮小人的爱好却分外奇怪。
家家户户都把臭艾插满腰间啊，
反倒说芳香的兰草不可佩带。
观察草木都分不清好坏啊，
又怎能对美玉估价得当？
拿粪土塞满了荷包啊，
却说那累累的花椒一点不香。”
我想听从灵氛的吉祥占卜啊，
心中犹豫主意不定。
听说巫咸将在晚间降神啊，
我带着花椒、精米去迎候神灵。
众神遮天蔽日一起降临啊，
九疑山的诸神纷纷相迎。
辉煌耀目神光大显啊，
告诉我先贤遇合的佳话典型。
他说：“努力寻求哪怕上天入地啊，
去寻求那志同道合的英豪。
商汤、夏禹认真寻求同道啊，
得到了伊尹、皋陶君臣协调。
只要内心真正爱好贤美啊，
又何必用媒人来作介绍？
傅说拿着筑版在傅岩打墙啊，
殷高宗毫不犹疑将他选挑。
姜太公不过是磨刀宰牛的屠夫啊，
遇见了周文王而一步登高。
宁戚敲着牛角唱歌啊，

齐桓公听见了就让他辅佐当朝。
乘着这年岁还不太老啊，
这时光也未曾终了。
怕的是杜鹃鸟鸣声先起啊，
各样的花草都要随之香消。”
我的佩玉是多么瑰奇不凡啊，
众人却将它遮蔽得暗淡无光。
这帮结党营私之徒不讲信义啊，
恐怕他们会因嫉妒而加以摧伤。
时俗纷乱变化无常啊，
我怎能在此滞留久长。
兰草、芷草变得不香啊，
石菖蒲、零陵香也变得跟茅草一样。
为什么从前的香草啊，
如今竟成了白蒿、臭艾的模样？
这难道还有别的缘故啊，
都只因为不爱惜美质而受害受伤。
我以为幽兰可靠啊，
谁知它并无实质空有表象。
抛弃了它的美质而追随世俗啊，
只求苟且列入“众芳”的行当。
花椒变得专横谄媚又狂傲啊，
椴子又想冒充香料混进香囊。
既然是只求进用而竭力钻营啊，
又怎能看重自己的品洁行芳？
本来世俗就有随波逐流之风啊，

又谁能保持不变把风气来挡？
看一看花椒、幽兰不过如此啊，
又何况揭车、江离之类本来平常！
只有我的佩饰永远可贵啊，
它的美质却被人鄙弃落到这般下场。
但它那浓郁的香气不会消退啊，
至今没有泯灭它固有的芬芳。
让佩玉鸣响与步伐协调以自欢娱啊，
为了寻求美女我且飘游四方。
趁我的佩饰正在盛美之时啊，
我将上上下下四方观访。
灵氛既已告诉我吉利的占卜啊，
选择吉日我将远游四方。
折下玉树的嫩枝做菜肴啊，
精选玉屑作为干粮。
为我驾上飞龙啊，
兼用美玉、象牙做成车辆。
离心离德的人怎能合到一起啊，
我将自动疏离高飞远飏。
我在昆仑山转了路啊，
路途遥远周游四方。
云旗飞扬遮天蔽日啊，
龙车的玉铃叮当作响。
清晨从天河渡口启程啊，
黄昏已来到天上极西的地方。
凤凰展翅连接着云旗啊，

它们节奏整齐高高飞翔。
忽然我路经西方这片流沙啊，
沿着赤水徘徊彷徨。
指挥蛟龙在渡口充当桥梁啊，
命令少皞将我渡到彼岸。
路途遥远又多艰难啊，
使众车飞腾护卫在我车旁。
路过不周山再向左转啊，
指定西海为大家聚集的地方。
我集结千乘车辆啊，
对齐了车轮并进长驱。
八龙驾车蜿蜒而行啊，
车上的云旗招展又卷曲。
定下心来停车不前啊，
神思悠悠向高远处飞去。
演奏《九歌》跳起《韶》舞啊，
借此时光暂求欢娱。
上升于天进入光明境界啊，
忽然往下看到了故乡旧居。
仆从悲伤马也怀恋啊，
曲身回顾再也不往前去。
尾声：算了吧！
楚国无贤不知我心啊，
又何必怀恋故都？
既然不能和他们一起实行美政啊，
我将追随彭咸去往他的居处。

九　歌

《九歌》是一组祭祀鬼神用的乐歌，从汉代以下，研究者大都认为它本是楚国的民间祭歌，后来经过屈原的修改加工。但修改加工的时间与背景则说法不一。汉代王逸、宋代朱熹都认为是在屈原被放逐以后，因此在辞作中“上陈事神之敬，下见己之冤结，托之以风谏”。近代有的研究者则认为屈原对《九歌》的修改加工当在他被楚怀王任用的时期，辞中也并无讽喻之意。从《九歌》的实际内容来看，似后一种说法较为近是。

屈原在《离骚》中说：“启《九辩》与《九歌》兮，夏康娱以自纵。”又在《天问》中说：“启棘宾商，《九辩》、《九歌》。”可见《九歌》本是古乐歌的名称，神话中还说它是夏启从天上窃取来的。但神话中所说的《九歌》不可能传到屈原的时代，楚国人把他们的祭歌称为《九歌》，只是沿用了古乐歌的名称，并采用了它的载歌载舞的形式。

《九歌》用于祭祀仪式时，是由巫者来表演的。其中主巫假托有神鬼附身，因而是以神鬼的身份边唱边舞。主巫以外的群巫则配合着起迎神、送神、颂神等作用，但群巫的陪唱助舞只见于祭祀天神的仪式；在祭祀地祇、人鬼的仪式中，则主要由主巫单独表演。

《九歌》中的主要篇章富有浪漫主义色彩，想象优美，风格清新；善于用准确的艺术语言来叙事抒情、写景状物。各篇通过对神鬼的形象和情事的描述，倾注了诗人对楚国命运和人民幸福的美好祝愿；有些篇章更写得情真意切，很有感人的力量。

《九歌》全组共十一篇，以下选译其中的八篇。

云中君

云中君就是云神，神话中说他名叫丰隆。古代人早就认识到云能化雨，对生产和生活都很重要。本篇即反映了楚人对云神的敬仰与思恋。诗中根据云的特征来描绘云神的形象，在对云神的赞颂之中倾注了人们对他的深情。全篇采用主巫与群巫呼应轮唱的形式，今译时加以注明，以帮助阅读时理解。

浴兰汤兮沐芳①，华采衣兮若英②。
灵连蜷兮既留③，烂昭昭兮未央④。
謇将憺兮寿宫⑤，与日月兮齐光。

【注释】

①以下四句是群巫所唱的迎神曲。兰汤：用兰草泡过的浴水。沐芳：以芳香的水洗发。②华采：色彩艳丽。英：花。③灵：指饰为云中君的主巫。连蜷（quán）：宛转蜷曲的样子，形容云中君临坛时的舞姿。留：停留。指通过主巫降神已把云中君接来，并留在祭堂。④烂：灿烂。昭昭：明亮。未央：未尽，不尽。⑤以下四句是饰为云中君的主巫的独唱。憺（dàn）：安宁，安乐。寿宫：神坛，供神之处。

龙驾兮帝服①，聊翱游兮周章②。
灵皇皇兮既降③，猋远举兮云中④。
览冀州兮有馀⑤，横四海兮焉穷⑥？
思夫君兮太息⑦，极劳心兮忡忡⑧。

【注释】

①龙驾：龙拉的车。帝服：如天帝一般的服饰。②翱游：翱翔行游。周章：匆忙的样子。③以下六句是群巫所唱的送神曲。皇皇：即煌煌，光大辉煌。④猋（biāo）：犬奔跑的样子，引申为迅速之意。远举：高飞远扬。⑤冀州：古中国分为九州，冀州是其中之一。冀州被称为九州之首，常用以指代中国。⑥四海：古代认为中国周边有东南西北四海。这里“横四海”即指飞行天下。焉：何，那有。穷：穷尽，止境。⑦夫（fú）：虚词。君：对男性的敬称，这里指云

中君。⑧ 劳心：用心。忡忡(chōng)：心神不定的样子。

【翻译】

(群巫齐唱：)
香汤洗浴啊，又洗头发，
艳丽的衣裳啊，犹如鲜花。
云神翩跹啊，已来到祭堂，
光辉灿烂啊，普照天下。
(饰为云中君的主巫独唱：)
我将要安享啊，在这神坛之上，
常伴日月啊，同放光芒。
驾驭龙车啊，穿着高贵的衣裳，
翱翔行游啊，来去匆忙。
(群巫齐唱：)
云神辉煌啊，降临人寰，
忽又高飞啊，回到云间。
你俯视中国啊，一览无遗，
飞越四海啊，无际无边。
思念神君啊，叹息连连，
极度思念啊，心神不安。

湘　君

湘君、湘夫人是楚人心目中的湘水配偶神。传说古帝虞舜巡视南方，死在苍梧之野，葬在九疑山。他的两个妻子娥皇、女英初未随行，后来追到洞庭、湘水地区，得知虞舜已死，便南望痛哭，投水以殉。楚人很自然地把这些神话人物同关于湘水的优美想象结合起来，因而传说：虞舜死后，天帝封他为湘水之神，号湘君；又封二妃为湘水女神，号湘夫人。湘君、湘夫人的形象不仅体现了楚人对湘水的热爱，而且体现了他们对楚国文化的深厚感情。

在《湘君》、《湘夫人》这两篇歌词中，前者是女巫饰为湘夫人所唱的恋慕湘君之词，后者则是男巫饰为湘君所唱的恋慕湘夫人之词。二者彼此呼应，紧密联系。由于虞舜和娥皇、女英的悲剧传说的制约，湘君、湘夫人的关系被写成彼此热烈相爱而终于无缘会合，因此两篇歌词都深入表现了缠绵悱恻的惆怅心情；从中又使人充分感受到对纯洁爱情的赞扬和对幸福生活的向往。

在艺术上，这两篇歌词不仅把抒情和叙事准确地结合起来，而且其中的写景笔墨把洞庭、湘水地区的自然景物写得非常优美而富有诗意，这既有助于抒情主题的表达，也增强了艺术的魅力。作品在情景交融方面所提供的艺术经验，曾在中国文学史上产生了深远的影响。

君不行兮夷犹①，蹇谁留兮中洲②？ 美要眇兮宜修③，沛吾乘兮桂舟④。 令沅湘兮无波⑤，使江水兮安流⑥。 望夫君兮未来⑦，吹参差兮谁思⑧？ 驾飞龙兮北征⑨，邅吾道兮洞庭⑩。

【注释】

① 本篇是湘夫人恋慕湘君之词，全篇由饰为湘夫人的主巫独唱。君：指湘君。夷犹：犹豫。② 蹇(jiǎn)：楚方言，发语词。谁留：为谁而留。中洲：洲上。洲：水中陆地。③ 要眇(yāo miǎo)：美好的样子。宜修：修饰得恰到好处。④ 沛：顺流而下，畅通无阻的样子。桂舟：桂木做的船，含芳洁之意。⑤ 沅、湘：沅水、湘水，都是今湖南省境内流入洞庭湖的大河。⑥ 江：长江。⑦ 夫(fú)：指示代词，那个。⑧ 参差(cēn cī)：古乐器名，类似于笙或排箫。谁思：思念谁。⑨ 飞龙：指龙船，即前面所说的“桂舟”。征：行。⑩ 邅(zhān)：楚方言，转弯、转道。

薜荔柏兮蕙绸①，荪桡兮兰旌②。望涔阳兮极浦③，横大江兮扬灵④。扬灵兮未极⑤，女婵媛兮为余太息⑥。横流涕兮潺湲⑦，隐思君兮陫侧⑧。

【注释】

① 薜荔(bì lì)：常绿灌木，蔓生，亦名木莲。柏：当作“帕”，旗类总名。蕙绸：以蕙草缠绕旗杆。蕙：香草，和兰草同类，亦名薰草。② 荪(sūn)：香草，即溪荪。桡(náo)：曲木，指旗杆上的曲柄。兰旌：以兰草为旌头。旌(jīng)：指旗杆顶上的装饰，即旌头。③ 涔(cén)阳：地名，在今湖南省涔水北岸。极浦：远处的水滩。④ 横：渡。大江：长江。扬灵：放出神灵之光。⑤ 极：终止。⑥ 女：指湘夫人的

侍女。婵媛(chán yuán):是楚方言"啴咺"的借字,喘息。⑦ 潺湲(chán yuán):水流不断的样子。⑧ 隐:伤痛。陫(fěi)侧:通"悱恻",内心悲苦。

桂棹兮兰枻①,斫冰兮积雪②。采薜荔兮水中,搴芙蓉兮木末③。心不同兮媒劳,恩不甚兮轻绝④。石濑兮浅浅⑤,飞龙兮翩翩⑥。交不忠兮怨长⑦,期不信兮告余以不闲⑧!鼂骋骛兮江皋⑨,夕弭节兮北渚⑩。

【注释】

① 棹(zhào):划船的长桨。枻(yì):划船的短桨。② 斫(zhuó)冰:凿开冰层。积雪:指积雪中凿冰行船,比喻会见湘君非常艰难。③ 搴(qiān):楚方言,摘取。芙蓉:荷花的别名。木末:树梢。④ 甚:很,这里是很深的意思。轻绝:轻易地弃绝。⑤ 濑(lài):急流。浅(jiān)浅:水流很快的样子。⑥ 飞龙:指湘夫人所乘的龙船。翩翩:轻快的样子。⑦ 怨长:长久怨恨。⑧ 期:这里是动词,约期相会。⑨ 鼂(zhāo):通"朝",清晨。骋骛(wù):奔驰。皋(gāo):水泽。⑩ 弭(mǐ)节:停船。弭:停止。节:度,指船行的速度。渚(zhǔ):水中小洲。

鸟次兮屋上①,水周兮堂下②。捐余玦兮江中③,遗余佩兮醴浦④。采芳洲兮杜若⑤,将以遗兮下女⑥。时不可兮再得⑦,聊逍遥兮容与⑧。

【注释】

①次：止宿。②周：环绕。③捐：抛弃。玦(jué)：环形而有缺口的佩玉。④遗：丢下。佩：佩玉。醴(lǐ)：指澧水，是今湖南省境内流入洞庭湖的大河。⑤芳洲：水中长着芳草的水洲。杜若：香草，亦名山姜。⑥遗(wèi)：赠与。下女：指湘君的侍女。⑦时：会面的时机。⑧聊：姑且。逍遥：悠然自得的样子。容与：徘徊，漫步。

【翻译】

湘君没来赴约啊，他犹豫彷徨，
他是为了谁啊，滞留在洲上？
我容貌美丽啊，打扮又适宜，
乘着桂舟顺流下航。
让沅湘之水啊，无波无浪，
使长江巨流啊，平稳流淌。
盼望那湘君啊，他还没来，
我吹起排箫啊，把谁怀想？
我往北行驶，驾的是龙船，
到了洞庭又转弯。
薜荔作旗啊，蕙草缠旗杆，
桡上挂着荪草啊，旄头装饰香兰。
凝望涔阳啊，那遥远的水滩，
横渡长江啊，发出神光闪闪。
神光四射未终止，
侍女气结为我长叹。

涕泪横流啊，再也止不住，
痛苦地思念湘君啊，我心忧烦。
桂木做长桨，木兰做短桨，
要在冰雪中开路实在难。
陆地上的薜荔怎能到水中去采？
水中的荷花又怎能到树上去攀？
两心不同啊，媒人徒劳往返，
恩情不深啊，轻易将我放一边。
沙石上的浅水急急地流，
我乘的龙船也走得欢。
相交不忠啊，使我长怀怨恨，
约了日期不守信，却对我说没空闲！
我清晨急急驰过江流和水沼，
傍晚停船在洞庭湖中的小岛。
鸟儿栖息在屋上，
水流清清堂前绕。
我把玉玦投入大江中，
又把佩玉弃在澧水旁。
在香气四溢的小岛上，我采了一些山姜，
想送给湘君身边的侍女姑娘。
见面的机会难以再得啊，
我姑且在此逍遥漫步以解愁肠。

湘 夫 人

本篇是湘君恋慕湘夫人之词，全篇由饰为湘君的主巫独唱。

帝子降兮北渚①，目眇眇兮愁予②。袅袅兮秋风③，洞庭波兮木叶下④。登白薠兮骋望⑤，与佳期兮夕张⑥。鸟萃兮蘋中⑦，罾何为兮木上⑧？

【注释】

① 帝子：指湘夫人，相传她是古帝唐尧之女。渚(zhǔ)：水中小洲。② 眇眇(miǎo)：远望的样子。③ 袅袅(niǎo)：微风吹拂的样子。④ 波：这里用作动词，微波泛动。木叶：指秋天的枯黄树叶。⑤ 登：此字原无，据朱熹《楚辞集注》补。白薠(fán)：即薠草，亦称青薠，秋季生长。骋望：放眼远望。⑥ 佳：佳人，指湘夫人。期：这里用作动词，约期相会。张：张罗布置。⑦ 萃(cuì)：聚集。蘋(pín)：一种水草，也叫四叶菜，田字草。⑧ 罾(zēng)：一种方形渔网。木：树。

沅有茝兮醴有兰①，思公子兮未敢言②。荒忽兮远望③，观流水兮潺湲④。麋何食兮庭中⑤？蛟何为兮水裔⑥？朝驰余马兮江皋⑦，夕济兮西澨⑧。闻佳人兮召予⑨，将腾驾兮偕逝⑩。筑室兮水中，葺之兮荷盖⑪。

【注释】

① 沅：沅水。醴(lǐ)：通“澧”，澧水。茝(zhǐ)：同“芷”，香草，即白芷。兰：香草，即兰草或泽兰。② 公子：等于说

公主，指湘夫人。③ 荒忽：通“恍惚”，渺茫隐约，不能看清的样子。④ 潺湲（chán yuán）：水流不断的样子。⑤ 麋（mí）：兽名，似鹿而大，也叫驼鹿。⑥ 蛟：传说中常居于深水的龙。水裔（yì）：水边。⑦ 皋（gāo）：水泽；一说是水边高地。⑧ 济：渡过。澨（shì）：水边。⑨ 佳人：指湘夫人。⑩ 腾驾：飞快地驾驶。偕逝：同往，指一同去过美好的生活。⑪ 葺（qì）：原指用茅草盖屋顶，这里泛指盖屋顶。

荪壁兮紫坛①，播芳椒兮成堂②。桂栋兮兰橑③，辛夷楣兮药房④。罔薜荔兮为帷⑤，擗蕙櫋兮既张⑥。白玉兮为镇⑦，疏石兰兮为芳⑧。芷葺兮荷屋，缭之兮杜衡⑨。合百草兮实庭⑩，建芳馨兮庑门⑪。

【注释】

① 荪（sūn）：香草，即溪荪。紫：指紫贝，一种珍美的水产。② 播：散放。椒：花椒。③ 桂栋：用桂木做房梁。兰橑（liáo）：用木兰做椽子。④ 辛夷：木兰一类的花树，又名木笔、迎春。楣（méi）：门框上的横木。药：香草，即白芷。⑤ 罔（wǎng）：通“网”，这里用作动词，编结的意思。薜荔（bì lì）：一种常绿灌木，蔓生，亦名木莲。帷：帐子的四围。⑥ 擗（pǐ）：分开。櫋（mián）：屋檐板。⑦ 镇：镇席，压住坐席的东西。⑧ 疏：这里用作动词，分布的意思。石兰：兰草的一种。⑨ 缭（liáo）：缠绕。杜衡：香草，亦名杜葵。⑩ 合：汇集。百草：各种香草。实：充满。⑪ 馨（xīn）：指散布很远的香气。庑（wǔ）：大屋。庑门，指整个建筑。

九嶷缤兮并迎①，灵之来兮如云②。捐余袂兮江中③，遗余褋兮醴浦④。搴汀洲兮杜若⑤，将以遗兮远者⑥。时不可兮骤得⑦，聊逍遥兮容与⑧。

【注释】

① 九嶷(yí)：即九疑山，在今湖南省宁远县东南。此处是指九疑山的诸神。缤：纷繁众多的样子。② 灵：指九疑山诸神。如云：形容神灵众多。③ 捐：抛弃。袂(mèi)：衣袖。④ 遗：丢下。褋(dié)：单衣。醴浦：即澧浦，澧水之滨。⑤ 搴(qiān)：楚方言，摘取。汀(tīng)洲：水中或水边的平地。杜若：香草，亦名山姜。⑥ 遗(wèi)：赠与。远者：在远处的人，指湘夫人。⑦ 时：指会面的时机。骤：多次。⑧ 聊：姑且。逍遥：优游自得的样子。容与：徘徊。

【翻译】

湘夫人降临啊，在北边的小洲，
远远望她望不见啊，真使我忧愁。
随着轻轻吹拂的秋风啊，
洞庭湖微波荡漾，黄叶落下了枝头。
站立在薠草地放眼观望，
为了与佳人约会，我已在黄昏准备停当。
鸟儿啊为何聚在水草中？
渔网啊为何挂在树梢上？
沅水之滨有白芷啊，澧水之旁有香兰，
我思念公主啊，却未敢声言。
在恍惚迷茫中向远方观看，

只见那清清流水长流不断。
深山中的麋鹿啊，为何到庭院中觅食？
深水中的蛟龙啊，为何在水边嬉戏？
清晨我驱马在江边泽地，
傍晚又渡水在那西边的岸堤。
听说佳人在召唤我啊，
我将飞快地驾车与她一同乔迁。
把我们的新房建在水中间，
屋顶上覆盖着荷叶多新鲜。
荪草编成墙壁啊，紫贝装饰花坛，
还播撒芳香的花椒在堂前。
用桂木做房梁啊，用木兰做屋椽，
辛夷木的门楣啊，再以白芷饰房间。
编结薜荔作帷帐，
掰开蕙草已铺成屋檐。
白玉用来压坐席，
分布石兰气味香。
白芷盖在荷叶做的房顶上，
再用杜衡来绕房。
汇集百草啊，充实庭院，
建立门庭啊，远近飘香。
九嶷山的神灵纷纷来欢迎，
百神降临啊，云集一堂。
把我的衣袖抛在江水之中，
把我的单衫弃在澧水之滨。
摘取那小洲上的香草杜若，

想把它送给远方的佳人。
见面的机会不可多得啊，
我只好自得其乐漫步散心。

大 司 命

大司命是掌管世人寿命的神。世人把他视为生与死的裁判者，所以这位天神的形象既威严又神秘；但他对人类又很亲近，并抱有良好的愿望。人类对他则是高度敬仰，又满怀思念之情。诗中描写大司命是一位充满正气、驾御阴阳、君临人间、令人敬畏的天神；但又强调人的命运主要取决于自身的行为。对大司命的这种刻画，反映了屈原那个时代中有一定进步意义的神道观和命运观。全篇采用主巫与群巫呼应轮唱的形式，今译时加以注明，以助理解。

广开兮天门①，纷吾乘兮玄云②。令飘风兮先驱③，使涷雨兮洒尘④。君回翔兮以下⑤，逾空桑兮从女⑥。纷总总兮九州⑦，何寿夭兮在予⑧？

【注释】

① 以下八句是饰为大司命神的主巫所唱的临坛曲。广：大。② 纷：众多的样子。吾：主巫以大司命的身份自称。玄云：乌云。③ 飘风：旋风。④ 涷(dōng)雨：暴雨。⑤ 君：主巫对大司命的尊称。“君回翔兮以下”，表明大司

命已经托附于主巫之身。⑥ 逾(yú):越过。空桑:神话中的山名,见《山海经》。女:读为“汝”,指群巫。⑦ 纷总总:纷杂众多的样子,这里指人间众生。⑧ 寿夭(yāo):指生命的长短。

高飞兮安翔①,乘清气兮御阴阳②。吾与君兮斋速③,导帝之兮九坑④。

【注释】

① 以下四句是群巫的唱词。安翔:缓缓飞翔。“高飞”、“安翔”都是指大司命在环宇之中回旋飞翔。② 清气:天地间的清明正气。御:驾驭。阴阳:古人把宇宙间的一切事物的发展都看成是阴阳二气运行的结果。这里说大司命可以驾驭阴阳二气的变化,是对大司命的赞叹。③ 吾:群巫自指。君:指主巫所饰的大司命。斋速:当据朱熹《楚辞集注》本读为“齐速”,指主巫与群巫在合舞中的步调节拍完全一致。④ 帝:指主巫所饰的大司命。九坑(gāng):不详。洪兴祖《楚辞补注》释为“九州之山”,汪瑗《楚辞集解》则说“九坑犹言九垓,谓九州也”,皆可参考。

灵衣兮被被①,玉佩兮陆离②。一阴兮一阳③,众莫知兮余所为④。折疏麻兮瑶华⑤,将以遗兮离居⑥。老冉冉兮既极⑦,不寖近兮愈疏⑧。

【注释】

① 以下八句是饰为大司命的主巫的独唱。灵衣：应依《太平御览》六九二、《北堂书抄》一二八所引改为“云衣”。云衣，有云纹的衣裳。被（pī）被：飘动的样子。② 陆离：这里是形容玉佩之多。③ 一阴兮一阳：此句与上段“乘清气兮阴阳”相呼应，义亦相同。④ 众：指世间的人。⑤ 疏麻：一种神麻。瑶华：即疏麻之华，颜色如玉，据说服食可以长寿。⑥ 遗（wèi）：赠与。大司命主管人的寿夭，以麻华赠人，是祝人长寿的吉兆。离居：指离别远居之人。这里大司命即将离去，从此与世人相距遥远，故称世人为离居。⑦ 冉冉（rǎn）：渐渐。⑧ 寖（qìn）近：稍稍亲近。疏：疏远。

乘龙兮辚辚①，高驼兮冲天②。结桂枝兮延伫③，羌愈思兮愁人。愁人兮奈何，愿若今兮无亏④。固人命兮有当⑤，孰离合兮可为⑥？

【注释】

① 以下八句是群巫所唱的送神曲。龙：龙车。辚（lín）辚：车声。② 驼：疑为“驰”之误。驰，飞驰。③ 结：编结。延伫（zhù）：久久地站立。④ 亏：亏损，这里指身体健康无损。⑤ 命：命运。当：相当，相应。⑥ 为：作为。

【翻译】

（饰为大司命的主巫独唱：）

敞开天宫的大门，
我乘着浓密的乌云。
命那旋风啊，开路先行，
使那暴雨啊，洒扫灰尘。
司命之神从天上飘然而下，
越过空桑啊，来会见你们。
九州的人多得数不清，
为什么生与死啊，由我决定？
（群巫齐唱）：
大司命在高高的空中缓缓飞翔，
乘着清正之气啊，驾御阴阳。
我们与大司命步调一致列队而行，
引导神君啊，来到九坑。
（饰为大司命的主巫独唱：）
云纹的衣裳啊，随风飘扬，
美玉为佩啊，增彩生光。
我时而居阴，时而处阳，
我的作为，世人谁也说不上！
摘来神麻啊，玉花含馨，
送给那将要远别的世人。
衰老之年渐渐地终要来临，
若要不疏远啊，就得更相亲。
（群巫齐唱：）
大司命乘着龙车响隆隆，
高高飞驰啊，冲上太空。
我们编着桂枝久久地站立不动，

愈是思念啊，离愁满胸。
离愁恼人啊，又能怎样？
但愿今后总像现在这样健康无伤。
人的命运本来都和他们的行为相当，
悲欢离合啊，谁能施加影响？

少 司 命

少司命是掌理人类子嗣和儿童命运的女神。这篇作品中着重表现了少司命女神与由群巫所代表的人间广大女性之间的友好情谊。作者运用了积极浪漫主义的创作方法，发挥了丰富的想象力，塑造了少司命这样一个瑰丽多姿、庄严善良、为民作主的女神形象。尤其是少司命女神那一手挺着长剑、一手抱着幼儿的英姿，使她成为中国古代文学中最光辉的形象之一，其中深刻概括了人民群众极为丰富的斗争经验，也体现了人民群众崇高的美学理想。

在《九歌》的流传中，本篇是遭到最多曲解的篇章之一。前人把它解释为"男神与女巫相爱"、"女神与男巫相爱"之类，实际上全篇绝无此类内容；它所表现的乃是少司命女神与人间妇女的友爱之情；其表演形式则是饰为少司命的主巫与代表人间妇女的群巫交替轮唱。

秋兰兮麋芜①，罗生兮堂下②。绿叶兮素华③，芳菲菲兮袭予[4]。夫人自有兮美子[5]，荪何以兮愁苦[6]？

【注释】

① 以下六句是群巫迎神的合唱。秋兰：香草，即兰草或泽兰。麋(mí)芜：通“蘼芜”，香草，是芎䓖茎叶细嫩时的名称。② 罗生：罗列并生。③ 素华：白花。“华”原作“枝”，据王逸注文改。④ 菲菲：香气很盛的样子。袭：侵。予：我，群巫自指。⑤ 夫(fú)：发语词。美子：美好的子女。⑥ 荪(sūn)：香草，即溪荪。这里借指少司命神。

秋兰兮青青[1]，绿叶兮紫茎。满堂兮美人[2]，忽独与余兮目成[3]。入不言兮出不辞，乘回风兮载云旗[4]。悲莫悲兮生别离，乐莫乐兮新相知。

【注释】

① 以下八句是饰为少司命神的主巫的独唱。青青：“菁(jīng)菁”的假借字，茂盛的样子。② 美人：指群巫。③ 忽：很快的样子。余：我，少司命自指。目成：通过眉目传情来结成友谊。④ 回风：旋风。云旗：以云为旗。

荷衣兮蕙带[1]，倏而来兮忽而逝[2]。夕宿兮帝郊[3]，君谁须兮云之际[4]？

【注释】

① 以下四句是群巫合唱的问词。荷衣：以荷叶为衣。

蕙带：以蕙草为带。② 倏(shū)、忽：都是忽然的意思。③ 帝：指天帝。帝郊：天国的郊野。④ 君：指少司命。须：等待。

与女沐兮咸池①，晞女发兮阳之阿②。望美人兮未来③，临风怳兮浩歌④。

【注释】

① 以下四句是饰为少司命神的主巫所独唱的答词。女：通“汝”，你或你们，这里指群巫。沐：洗头发。咸池：神话中的天池。按此句以上，本有“与女游兮九河，冲风至兮水扬波”二句，据洪兴祖《楚辞补注》说删。② 晞(xī)：晾干。阿(ē)：弯曲之处，指山湾。③ 美人：指群巫。④ 怳：怳惚，心神不定的样子。浩歌：大声唱歌。

孔盖兮翠旍①，登九天兮抚彗星②。竦长剑兮拥幼艾③，荪独宜兮为民正④。

【注释】

① 以下四句是群巫合唱的颂神曲，结束祭祀仪式。孔盖：用孔雀毛做车盖。孔：指孔雀。翠：指翡翠鸟。旍(jīng)：同“旌”，指旗杆顶上的装饰。② 九天：指天空高处。抚：降服。彗(huì)星：星名，俗称扫帚星，传说是为害人类的灾星。③ 竦(sǒng)：肃立，这里是笔直地拿着的意思，等

于说挺着。拥：抱。幼艾：指儿童。④ 荪：指少司命。宜：适合。正：这里是裁判者的意思，等于说主宰。

【翻译】

（群巫齐唱：）
秋天的香兰啊，芬芳的蘼芜，
在那堂下丛生密布。
翠绿的叶子啊，洁白的花朵，
香气浓郁沁人肺腑。
世上的人啊，自然有他们的好儿女，
少司命神啊，何必要操心愁苦？
（饰为少司命的主巫独唱：）
秋天的兰草啊，多么茂盛，
翠绿的叶子啊，紫色的茎。
那满堂的美人看我到来啊，
一下子都向我眉目传情。
我来时没有说话，去时也不告辞，
乘着旋风载着云旗很快飞升。
悲伤啊，莫过于生生地别离，
欢乐啊，莫过于新交了知己。
（群巫齐唱：）
荷叶为衣啊，蕙草为带，
来得忽然啊，去得更快。
少司命神啊，夜晚歇息在天国的郊野，
您在等待谁啊，站在那茫茫云海？
（饰为少司命的主巫独唱：）

我和你们一起在咸池中洗发，
再和你们在向阳的山湾里把秀发晾干。
盼望你们啊，你们却没有到来，
我只得迎风高唱啊，以解愁烦。
（群巫齐唱：）
孔雀毛做车盖啊，翡翠毛为旗饰，
登上九天啊，把灾星降住。
一手挺着长剑啊，一手怀抱幼儿，
少司命神啊，只有您最适合为民作主。

东　君

本篇是楚人祭祀东君——太阳神的乐歌，全诗根据人类生活与太阳的密切关系，把太阳神的形象塑造成一位能给人间带来光明和温暖，象征着幸福与胜利的伟大天神。作者对观察到的自然现象进行了宏伟的想象和巧妙的构思，有力地突出了太阳神昼夜奔驰，为人间除害造福的特征。在这样的刻画与讴歌中，深刻地表现了作者和广大人民对光明的憧憬和战胜邪恶的坚强信心。诗中的祭祀场面也写得繁华热烈、有声有色，为这首颂歌增添了绚烂的色彩。本篇的表演形式是主巫与群巫呼应轮唱。

暾将出兮东方①，照吾槛兮扶桑②。抚余马兮安驱③，夜皎皎兮既明④。驾龙辀兮乘雷⑤，载云旗兮委

蛇[6]。长太息兮将上[7]，心低佪兮顾怀[8]。羌声色兮娱人[9]，观者憺兮忘归[10]。

【注释】

① 以下十句是饰为太阳神的主巫的独唱。暾(tūn)：初升的太阳。② 吾：太阳神自称。槛(jiàn)：栏杆。扶桑：神话中长在东方日出处的大树，在这里被诗人想象为太阳神所居宫殿的栏杆。③ 抚：轻拍。④ 皎(jiǎo)皎：同“皎皎”，明亮的样子。⑤ 龙辀：龙形的车。辀：(zhōu)：车辕，这里指车。⑥ 云旗：以云霞为旗。委蛇(wēi yí)：卷曲而延伸的样子。⑦ 太息：叹息。⑧ 低佪：流连，依依不舍的样子。顾怀：回顾怀恋。⑨ 羌(qiāng)：楚方言，发语词。声色：指祭神的场面载歌载舞，色彩缤纷。⑩ 憺(dàn)：安乐。

絙瑟兮交鼓[1]，箫钟兮瑶虡[2]。鸣篪兮吹竽[3]，思灵保兮贤姱[4]。翾飞兮翠曾[5]，展诗兮会舞[6]。应律兮合节[7]，灵之来兮蔽日[8]。

【注释】

① 以下八句是群巫的合唱。絙(gēng)：紧，指乐器的弦绷得紧。瑟：古拨弦乐器。交鼓：相对擂鼓。② 箫：“潇(xiāo)”的假借字，敲击。瑶：“摇”的假借字。虡(jù)：挂钟的木架。③ 鸣：吹响。篪(chí)：同“箎(chí)”，古代管乐器。竽(yú)：古代簧管乐器。④ 灵保：指饰为太阳神的主巫。姱(kuā)：美好。⑤ 翾(xuān)：轻捷的样子。翠：指翡翠鸟。

曾:“罾(zēng)”的假借字,展翅。⑥ 展诗:放声歌唱。会舞:合舞。⑦ 应律:应合乐曲的旋律。合节:合着乐曲的节拍。⑧ 灵:这里指太阳神和他的随从。

青云衣兮白霓裳[①],举长矢兮射天狼[②]。操余弧兮反沦降[③],援北斗兮酌桂浆[④]。撰余辔兮高驼翔[⑤],杳冥冥兮以东行[⑥]。

【注释】

① 以下六句是饰为太阳神的主巫的独唱。青云衣:以青云为上衣。白霓裳:以白虹为下装。霓:副虹。② 矢:箭。天狼:星名,古人认为它是专造灾祸的恶星。③ 操:持。弧(hú):弓。这和上一句的“矢”在一起,是把天上的弧矢星想象为太阳神的弓箭。弧矢一名天弓,由九颗星组成弓箭形。反:同“返”。沦降:降落。④ 援:拿起。北斗:星名,由七颗星组成,像古代舀酒用的酒斗形状。桂浆:桂花酒。⑤ 撰(zhuàn):持,拿。辔(pèi):马缰绳。驼:一作“驰”。驰,飞驰。⑥ 杳(yǎo)冥冥:深沉而昏暗的样子。

【翻译】

(饰为东君的主巫独唱:)
朝阳将要升起啊,在东方,
照耀着我的宫殿栏杆啊,就是扶桑。
轻轻拍打我的马儿,让它安稳地奔驰,
夜空中已露出了黎明的曙光。

驾驶龙车啊，发出雷鸣般的巨响，
云霞做成的旗帜翻卷飘荡。
长长地叹息啊，将要升到天上，
心里留恋居处啊，回顾彷徨。
那祭神的场面啊，声色并茂令人欢畅，
观看的人们忘了归家其乐洋洋。
（群巫齐唱：）
紧一紧琴弦啊，相对击鼓响咚咚，
用力敲钟啊，木架都摇动。
吹响那篪管和竽笙，
想那巫师又贤又美能与神灵相通。
我们姿态翩翩啊，就像翠鸟展翅，
大家放声歌唱，一齐起舞，同把东君来赞颂。
应着乐声的旋律啊，合着曲调的节拍，
神灵们遮天蔽日纷纷来到祭堂中。
（饰为东君的主巫独唱：）
青云做我的上衣啊，白霓为下装，
举起长箭啊，射向灾星天狼。
带着我的弓箭啊，返身下降，
拿起了北斗痛饮桂花琼浆。
握住我的马缰啊，高高飞翔，
在深沉昏暗的夜空中奔向东方。

山　鬼

本篇是楚人祭祀巫山神女的乐歌。诗中刻画了一个善良、美丽的神女形象。她热烈向往美好的爱情，而在追求不到时，便以本色的语言表现了她的失望、忧伤而又情思绵绵。诗中的神女形象是人间女性美的体现者，具有纯情少女的俏丽容貌、青春气息和忠于爱情的美好心灵。全诗写的虽然是超自然的情事，实际上却反映了人世间男女间的爱情生活，体现了人民群众的美好生活理想。诗中对深山景物、环境氛围有生动的刻画，并和女主人公的思想感情融合起来，构成情景交融的画面，为表情达意起到了很好的衬托渲染作用。

若有人兮山之阿①，被薜荔兮带女罗②。既含睇兮又宜笑③，子慕予兮善窈窕④。乘赤豹兮从文狸⑤，辛夷车兮结桂旗⑥。被石兰兮带杜衡⑦，折芳馨兮遗所思⑧。余处幽篁兮终不见天⑨，路险难兮独后来⑩。

【注释】

① 本篇是饰为山鬼的主巫的独唱词。若：发语词。人：山鬼自指。阿(ē)：弯曲之处。② 被：同“披”。薜荔(bì lì)：常绿灌木，亦名木莲。女罗：同“女萝”，即松萝，是一种地衣类植物。③ 含睇(dì)：含情流盼。睇：斜视。宜笑：笑起来好看。④ 子：你，指山鬼的恋人。予：我，山鬼自指。善：善于。窈窕(yǎo tiǎo)：娇美的样子。⑤ 乘：驾。从：随从。文：花纹。狸：野猫。⑥ 辛夷：木兰一类的花树。⑦ 石兰：兰草的一种。杜衡：香草，亦名杜葵。⑧ 馨(xīn)：香。遗(wèi)：赠与。所思：指恋人。⑨ 幽：深暗的样子。篁

(huáng)：竹林。⑩ 后来：来迟了。

表独立兮山之上①，云容容兮而在下②。杳冥冥兮羌昼晦③，东风飘兮神灵雨④。留灵修兮憺忘归⑤，岁既晏兮孰华予⑥。

【注释】

① 表：突出的样子。② 容容：纷纭飞动的样子。③ 杳(yǎo)冥冥：深远幽暗的样子。羌(qiāng)：楚方言，发语词。昼晦(huì)：白天也昏暗不明。④ 飘：风刮得很大的意思。神灵：指雨神。雨：动词，降雨。⑤ 灵修：指山鬼的恋人。憺(dàn)：安于。⑥ 晏(yàn)：晚。孰：谁。华：同“花”。花予，是使我变得年轻的意思。

采三秀兮于山间①，石磊磊兮葛蔓蔓②。怨公子兮怅忘归③，君思我兮不得闲④。山中人兮芳杜若⑤，饮石泉兮荫松柏⑥。君思我兮然疑作⑦。

【注释】

① 三秀：指灵芝草。② 磊磊(lěi)：乱石堆积的样子。葛：植物名，藤本蔓生。蔓蔓：蔓延的样子。③ 公子：指恋人。④ 君：指恋人。⑤ 山中人：山鬼自指。杜若：香草，亦名山姜。⑥ 荫：动词，遮蔽。⑦ 然：诚然。疑：与“然”相对，怀疑。作：产生。

雷填填兮雨冥冥①，猿啾啾兮又夜鸣②。风飒飒兮木萧萧③，思公子兮徒离忧④。

【注释】

① 填填：指雷声，等于说隆隆。冥冥：昏暗的样子。② 啾（jiū）啾：这里指猿猴叫声。③ 飒（sà）飒：指风声。萧萧：指风吹树木的声音。④ 徒：徒然。离：通“罹（lí）”，遭受。

【翻译】

有一个人儿啊，在那深山湾，
身披薜荔啊，松萝做飘带。
美丽的眼睛含情流盼，笑容真可爱，
你深深地爱慕我啊，善作娇美的姿态。
赤豹驾车啊，花狸猫跟随，
辛夷木做车啊，桂枝为旗车上载。
身披石兰啊，系着香杜蘅，
采来芬芳的花草啊，赠给我所爱。
我身处幽深的竹林啊，终年不见天，
道路艰险来得晚，希你莫见怪。
我孤零零兀立在山顶上，
乱云飞渡在下边。
天色阴沉啊，连那白昼都昏暗，
东风猛吹啊，神灵降雨透骨寒。
为了能留下爱人啊，我安心等待忘了归去，
年华迟暮啊，谁能使我青春重现？

采摘灵芝在群山间，
乱石堆积藤草蔓延。
我怨恨你啊，内心惆怅忘了归去，
或许你也在思念我，只是没有空闲。
像杜若那样芳洁啊，我这山中人，
喝的是山泉水，居于松柏荫。
你在思念我？想来是真忽又起疑心。
雷声隆隆啊，阴雨濛濛，
猿声啾啾啊，声声传夜空。
风声飒飒啊，木叶摇动，
思念恋人啊，徒然愁满胸。

国　殇

本篇是楚人祭祀为国捐躯的英雄的乐歌。所谓“国殇（shāng 伤）”，就是指死于国事的人。全诗以激越的感情，通过对悲壮激烈的战斗场面的描写，歌颂了楚国将士可歌可泣、视死如归的英雄主义精神，充满了爱国主义的热情。诗中所写的战斗虽然残酷激烈，并且牺牲惨重，但却没有渲染对战争的恐怖和感伤，而是使读者深深感受到保家卫国、不怕牺牲的英雄气概。在表现上，全诗采用直赋其事的手法，风格刚健，句式精炼，在短小的篇幅中表现了丰富充实的思想内容。又，关于本篇的具体祭祀对象，一般认为是广大战士中的牺牲者，但从实际内容看，所祭的应是一位主将;但篇中以主将自述的口气描写了整个战场的情况,因此也就包含了对广大战士的歌颂。

操吴戈兮被犀甲①,车错毂兮短兵接②。旌蔽日兮敌若云③,矢交坠兮士争先④。凌余阵兮躐余行⑤,左骖殪兮右刃伤⑥。霾两轮兮絷四马⑦,援玉枹兮击鸣鼓⑧。天时坠兮威灵怒⑨,严杀尽兮弃原野⑩。

【注释】

① 本篇是饰为受祭大将的主巫的独唱词。操:拿。戈:古代一种长兵器,顶端有青铜制的横刃。被:同“披”。犀(xī)甲:犀牛皮做的铠甲。② 错:交错。毂(gǔ):车轮中心安插车轴的部分。古代车轴穿过两轮的车毂而在两端都露出轴头,所以当双方战车十分靠近时,会发生轮毂交错的现象。短兵:短兵器,指刀剑之类。接:交。“短兵接”说明双方战车紧靠在一起,战斗十分激烈。③ 旌(jīng):这里指用羽毛装饰杆头的旗。蔽日、若云:都形容数量之多。④ 矢:箭。交坠:双方对射,流矢交相坠落。士:战士。⑤ 凌:侵犯。阵:阵势。躐(liè):践踏。行(háng):行列。⑥ 骖(cān):驾驭战车的四匹马中的两匹边马。左骖,即左边的边马。殪(yì):死。右刃伤:右边的边马为兵器所伤。⑦ 霾(mái):通“埋”,这里指两轮陷入泥中。絷(zhí):绊住,捆住。⑧ 援:拿着。枹(fú):鼓槌。“玉枹”是对鼓槌的美称。鸣鼓:声音响亮的鼓。在古代车战中,击鼓指挥的是主将,这里受祭者自述援枹击鼓,足以表明其身份。⑨ 坠:通“怼(duì)”,恨。灵:指阵亡者的灵魂。⑩ 严杀尽:

意思是战争严酷地杀死了全部战士。

出不入兮往不反①，平原忽兮路超远②。带长剑兮挟秦弓③，首身离兮心不惩④。诚既勇兮又以武⑤，终刚强兮不可凌⑥。身既死兮神以灵⑦，魂魄毅兮为鬼雄⑧。

【注释】

①反：同“返”。②忽：渺茫的样子，形容平原辽阔。超：远。③挟(xié)：夹带。秦弓：秦地制造的弓，指好弓。④惩：戒惧。⑤诚：诚然，确实。勇：指勇敢的精神。武：指武艺高强。⑥终：始终。凌：侵犯。⑦神：精神。以：而。灵：旧时称鬼神能对现实有感受和反应叫“灵”，这里是精神不死、仍有灵性的意思。⑧魂魄毅：原作“子魂魄”，据朱熹《楚辞集注》改。毅：刚毅。

【翻译】

手拿吴戈啊，身披犀甲，
车毂交错啊，刀剑相加。
战旗遮住了天日啊，敌人多如麻，
流矢交相坠落啊，战士争先意气风发。
敌人侵犯阵地，冲乱了我们的队列，
左边马已死，右边马也被刺伤。
车轮陷入烂泥地，四马又被缰绳绑，
拿起玉鼓槌，战鼓敲得更响亮。

上天也在生恨啊，战士的英灵怒气扬，

严酷的战斗杀尽战士啊，弃尸在沙场。

英雄一去啊，不复返，

原野茫茫啊，路遥远。

身带长剑啊，臂挟秦弓，

身首虽然分离啊，敌忾之心永不变。

真是勇敢啊，又有武功，

始终刚强啊，敌人来犯决不容。

身体虽死啊，精神有灵，

魂魄刚毅啊，做鬼也称雄。

天　问

本篇是屈原创作的又一长篇诗歌。题目《天问》的意思，历来解释多有分歧，未有定论。汉人王逸认为即是“问天”的意思，只因“天尊不可问，故曰天问”(《楚辞章句》)。近人郭沫若说，本篇“是屈原把自己对于自然和历史的批判，采取问难的方式提出”(《屈原赋今译》)。近人胡濬源则说，本篇“是设天以问人，非人问天也”(《楚辞新注求确》)。这些说法都可供参考。

《天问》的写作背景不能确考。从诗中表现的思想情绪看，应属屈原被放以后的作品。据王逸说，本篇是屈原在放逐中看到楚国先王之庙和公卿祠堂的壁画，因而就壁画的内容一边提出疑问，一边写在壁上。这个说法或得于传闻，或出于推测，只能作为参考。

《天问》全篇提出了一百七十多个问题，上自天文，下至地理，从神话传说，到历史旧事，内容十分广泛。在诗人的问难中，贯穿着渴望了解客观世界本来面目的朴素唯物主义精神，并由此而表现了对奴隶社会中形成的各种传统观念的怀疑和批判。宋代洪兴祖说：“天固不可问，聊以寄吾之意耳。”（《楚辞补注》）说明《天问》通过问难，主要表现了诗人在政治变革惨遭失败以后所作的历史反思和激愤心情。

《天问》在艺术上有鲜明的特色。全诗“参差历落，圆转活脱”，以宏伟奔放的气势表现了深沉的思考和活跃的想象。篇中以四字句为主而富有变化，语言风格比屈原的其他诗作更多地吸取了先秦散文的特点，但仍保持了诗歌语言的特殊结构和节奏，用韵亦相当整齐严格。

曰：遂古之初①，谁传道之？上下未形②，何由考之？冥昭瞢暗③，谁能极之④？冯翼惟象⑤，何以识之？明明暗暗，惟时何为⑥？阴阳三合⑦，何本何化⑧？

【注释】

① 遂：通“邃（suì）”，远。② 上：天。下：地。形：动词，形成。③ 冥（míng）：昏暗，指夜。昭：明亮，指昼。瞢（méng）：模糊。④ 极：尽，这里是看透的意思。⑤ 冯翼，满盛的样子。冯：通“凭”，满。古人认为宇宙中的各种物体是由“元气”演化而成，这里“冯翼”就是形容天气充满在宇宙之中。惟：是，为。⑥ 惟：发语词。时：通“是”，这，这样。何为：为何。⑦ 阴阳：本义是向日而明者为阳，背日而暗者为阴。在古代哲学中，“阴阳”被用来代表正反两个对立面，它们的消长促进事物的变化发展。三合：指阴、阳和天

（大自然）的统一。⑧ 本：本原。化：化生，派生。“阴阳三合，何本何化”两句意思是阴、阳和大自然三者结合，究竟是先有阴阳的变化然后才有大自然呢，还是先有大自然而后才有阴阳的变化？

圜则九重①，孰营度之②？ 惟兹何功③，孰初作之④？ 斡维焉系⑤？ 天极焉加⑥？ 八柱何当⑦？ 东南何亏⑧？

【注释】

① 圜：同“圆”，指天。九重（chóng）：九层。② 营：筹谋。度：规划。③ 兹：此。功：工程。④ 作：开创。⑤ 斡（guǎn）：古代车轮轴孔中的管状铁皮，车轴贯穿其间。维：制约。斡维，控制转动之物。焉：哪里。系：联结。⑥ 天极：天的顶端。加：安放。⑦ 八柱：古代传说天空是由地面上八根大柱支撑着。当：指天柱撑在地面上的地方。⑧ 亏：塌陷。古人认为地面不平，东南方有缺陷。

九天之际①，安放安属②？ 隅隈多有③，谁知其数？ 天何所沓④？ 十二焉分⑤？ 日月安属？ 列星安陈⑥？ 出自汤谷⑦，次于蒙汜⑧；自明及晦⑨，所行几里？

【注释】

① 九天：指天的八方和中央。际：边界。② 安：怎样。

放：延伸。属(zhǔ)：连接。③ 隅(yú)：角落。隈(wēi)：转角，弯曲之处。④ 沓(tà)：复合。古代有人认为天如一口锅扣合在地上，这里“沓”即指天地接合之处。⑤ 十二：古天文学常以十二纪数，如岁星纪年、太岁纪年、斗柄建月、十二辰会、十二分野等，此处所指不详。⑥ 陈：陈列。⑦ 汤(yáng)谷：即旸谷，神话中地名，据说太阳由此升起。⑧ 次：止息。蒙汜(sì)：神话中地名，据说太阳于此止息。⑨ 明：指白天。晦(huì)：暗，指夜晚。

夜光何德①？死则又育②？厥利维何③，而顾菟在腹④？女歧无合⑤，夫焉取九子？伯强何处⑥？惠气安在⑦？何阖而晦⑧？何开而明？角宿未旦⑨，曜灵安藏⑩？

【注释】

① 夜光：指月亮。② 则：即。育：生。古人认为月亮能自为生死，并以此解释它的圆缺循环。③ 厥(jué)：其，它的。利，益处。④ 顾：照顾，引申为畜养的意思。菟：同“兔”，古代神话说月中有兔。⑤ 女歧(qí)：神话中的神女。合：婚配。⑥ 伯强：阴逆之气。⑦ 惠气：合顺之气。⑧ 阖(hé)：关闭门户。⑨ 角宿(xiù)：角星，有两颗，是苍龙星座的首星。古人认为苍龙是东方的星座，这里“角宿”即指东方。旦：明亮。⑩ 曜(yào)灵：太阳。

不任汩鸿①，师何以尚之②？佥曰何忧③，何不课而行之④？鸱龟曳衔⑤，鲧何听焉？顺欲成功⑥，帝何刑焉⑦？永遏在羽山⑧，夫何三年不施⑨？

【注释】

① 任：胜任，担当。汩(gǔ)：整治。鸿：通“洪”，洪水。② 师：众人。尚：上，推举。之：指鲧(gǔn)，神话中夏禹的父亲。③ 佥(qiān)：皆，都。④ 课：试验。之：指治水之事。传说唐尧时洪水泛滥，四方诸侯推举鲧去治水，尧不同意，诸侯建议鲧试试，尧才同意由鲧去治水。⑤ 鸱(chī)龟：神话中发声如鸱(猫头鹰一类的鸟)的龟。曳(yè)：拖拉。衔：衔接。⑥ 顺：顺应。欲：愿望。⑦ 帝：指帝尧。⑧ 永：长久。遏(è)：止，拘禁。羽山：神话中地名，传说在东海滨。据说尧根据舜的建议将鲧放逐于此。⑨ 三年：多年的意思，“三”是虚数。施：舍，释放。

伯禹腹鲧①，夫何以变化？纂就前绪②，遂成考功③。何续初继业，而厥谋不同④？洪泉极深，何以填之？地方九则⑤，何以坟之⑥？应龙何画，河海何历⑦？鲧何所营？禹何所成？康回冯怒⑧，地何故以东南倾⑨？九州安错⑩？川谷何洿⑪？东流不溢，孰知其故？

【注释】

① 伯禹：即夏禹。腹：神话中说禹是鲧死后从鲧的腹

中化生出来的。② 纂(zuǎn):继续。就:从事,担任。绪:事业。③ 遂:终于。考:对亡父的尊称,此指鲧。④ 谋:方式,方法。⑤ 方:比,这里是相比而分高下的意思。九则:九等。则:标准。传说禹治水后把全国土地分为九等,按不同的标准征收贡赋。⑥ 坟(fèn):土地肥沃叫坟,这里用为动词,指区别土质肥沃的程度。⑦“应龙”二句:原作“河海应龙,何画何历”,据朱熹《楚辞集注》改。应龙:神话中带翼的龙。画:划。传说禹治水时,应龙以尾划地,禹依划痕导水入海。历:经。⑧ 康回:据说是神话中人物共工的名字。共工与颛顼(zhuān xū)争为帝,一怒而头撞不周山,折断天柱和地维,地上东南方塌下一片。冯:通“凭”,满,盛。⑨ 倾:塌下。⑩ 九州:传说禹治洪水后,把天下分为九州。错:通“措”,设置。⑪ 川:河流。谷:山间水道。洿(wū):挖掘。

东西南北,其修孰多①? 南北顺椭②,其衍几何③? 昆仑县圃④,其凥安在⑤? 增城九重⑥,其高几里? 四方之门⑦,其谁从焉? 西北辟启⑧,何气通焉⑨?

【注释】

① 修:长。② 椭(tuǒ):狭长。③ 衍:多余。④ 昆仑:神话中西北方一座上通于天的仙山。县圃:神话中地名,传说在昆仑山的中层。⑤ 凥:同“居”。⑥ 增城:即层城,神话中说它在昆仑山最高处。⑦ 四方之门:传说昆仑山四面

八方都有门，各种风由此出入，以调节寒暑。⑧ 辟启：开。⑨ 气：指风。据说不周山在昆仑山的西北方，它的寒风吹进昆仑山西北方的门。

日安不到？ 烛龙何照①？ 羲和之未扬②，若华何光③？ 何所冬暖？ 何所夏寒？ 焉有石林？ 何兽能言？ 焉有虬龙④，负熊以游⑤？ 雄虺九首⑥，倏忽焉在⑦？

【注释】

① 烛龙：神话中人面蛇身的神，住在西北方。据说那里太阳照不到，烛龙睁眼即为白天，闭眼即为黑夜。② 羲(xī)和：神话中为太阳神驾车的人，此指太阳。扬：升起。③ 若华：若木的花。神话中说若木生于西方日入处，太阳落在上面，若木的花就发出光芒。④ 虬(qiú)龙：神话中一种无角的龙。⑤ 负：背，驮着。⑥ 雄虺(huǐ)：大毒蛇。⑦ 倏(shū)忽：极快的样子。此为动词，迅速地来往。

何所不死？ 长人何守①？ 靡萍九衢②，枲华安居③？ 一蛇吞象，厥大何如？ 黑水玄趾④，三危安在⑤？ 延年不死，寿何所止？ 鲮鱼何所⑥？ 鬿堆焉处⑦？

【注释】

① 何守：掌握了什么方法。守：持。② 靡(mí)：分散，

蔓延。萍：浮萍。衢(qú)：本义是四通八达的道路。九衢，指分支多。③ 枲(xǐ)：麻。④ 黑水：神话中西北方的一条河流。玄趾(zhǐ)：神话中地名，据说在黑水之北，当地的人手脚被黑水所染，所以称玄趾。玄：黑。趾：脚，这里兼指手脚。⑤ 三危：神话中山名，据说在黑水之南。又，神话中说，吃了黑水之藻、三危之露，可以长生不死。⑥ 鲮(líng)鱼：神话中生在海里的人面鱼身的怪鱼。⑦ 鬿(qí)堆：神话中一种吃人的大鸟。“堆”是“雀”的借字。

羿焉弹日①？乌焉解羽②？禹之力献功③，降省下土四方④；焉得彼涂山女⑤，而通之于台桑⑥？闵妃匹合⑦，厥身是继⑧；胡维嗜不同味⑨，而快朝饱⑩？

【注释】

① 羿(yì)：神话中射落太阳的英雄。弹(bì)：射。② 乌：指神话中太阳里的三足乌。解羽：翅羽散落。③ 力：精力。献：投入。功：治水之事。④ 降：下来。省(xǐng)：察看。⑤ 涂山：古国名，据说在今安徽省怀远县的淮水东岸。神话中说禹娶涂山氏之女为妻。⑥ 通：通婚。台桑：不详。旧说是地名，也有说是指桑间野地。⑦ 闵(mǐn)：怜惜，引申为喜爱的意思。妃：配偶，对象。匹合：婚配。⑧ 继：嗣续，继承。⑨ 胡：为什么。维：语助词。嗜(shì)：喜好，爱好。⑩ 快：快乐，满足。朝(zhāo)饱：一朝饱食，比喻一时欢乐。传说禹为治水，成婚四天后，便离开了家。

启代益作后[①]，卒然离蠥[②]；何启惟忧[③]，而能拘是达[④]？皆归射鞫[⑤]，而无害厥躬[⑥]？何后益作革[⑦]，而禹播降[⑧]？启棘宾商[⑨]，《九辩》、《九歌》[⑩]。

【注释】

① 启：夏禹之子。益：禹的大臣，禹曾选他继承帝位。后：君主。② 卒（cù）然：忽然。卒，通“猝”。离：通“罹”，遭到。蠥（niè）：灾祸。传说禹传位于益，启谋夺帝位，被益拘禁，后逃脱，杀益而得帝位。③ 惟：是“罹”的借字，遭到。④ 拘：拘禁。达：通，这里是解脱的意思。⑤ 归：还，这里是交给的意思。射：射器，指弓箭。鞫（jú）：疑为“箙（fú）”的误字，以竹木或兽皮等物制作的箭囊。射箙，泛指武器。⑥ 躬：自身。厥躬，指启。⑦ 作：通“祚”，国祚，指统治权。革：变更，革除。⑧ 播降：繁盛，昌隆。播：通“蕃”。降：通“隆”。⑨ 棘：急。宾：古代诸侯朝见天子的礼制，这里作为动词，朝见。商：应为“帝”或“天”，因篆文形近而误，指天帝。⑩《九辩》、《九歌》：乐曲名，神话中说是夏启从天帝那里偷来的。

何勤子屠母[①]，而死分竟地[②]？帝降夷羿[③]，革孽夏民[④]。胡射夫河伯[⑤]，而妻彼雒嫔[⑥]？冯珧利决[⑦]，封豨是射[⑧]。何献蒸肉之膏[⑨]，而后帝不若[⑩]？浞娶纯狐[⑪]，眩妻爰谋[⑫]；何羿之射革[⑬]，而交吞揆之[⑭]？

【注释】

① 勤子：指涂山氏殷勤地保全儿子。屠母：指涂山氏

为产子而杀身。② 死：通“尸”。据古代神话说，禹治洪水时，化为熊凿山。他与妻子涂山氏约定，如需送饭则击鼓为号。因凿下的山石误中鼓上，涂山氏听到鼓声即去送饭，看到禹变为熊形，连忙逃走。禹追到高山下，涂山氏化为石头，禹要求涂山氏还他儿子，石头向北的一面裂开，生出启。③ 帝：天帝。降：派下。夷羿（yì）：传说中夏代有穷国的君主。有穷国属东夷族，故称其为夷羿。④ 革：改变。孽：祸害。传说羿曾起兵推翻夏启之子太康的统治。⑤ 河伯：黄河之神。神话中说河伯化为白龙，游于水旁，被羿射瞎左眼。⑥ 妻：动词，娶妻。雒：同“洛”，指洛水。嫔（pín）：对妇女的美称。洛嫔：指洛水之神。⑦ 冯：通“凭”，满，指把弓拉满。珧（yáo）：蚌壳，古代用来装饰弓的两头，这里即指弓。利：用，此指麻利地使用。决：同“玦”，是用玉石骨角等物做成的指圈，套于拇指，用以拉弓。⑧ 封：大。豨（xī）：野猪。⑨ 蒸肉：祭祀用的肉。蒸，通“烝”，冬祭。膏：肥肉。⑩ 后帝：即天帝。若：顺。⑪ 浞（zhuó）：即寒浞，是羿的大臣，后杀羿自立为君。纯狐：纯狐氏女，是羿妻。她与寒浞合谋杀死羿。⑫ 眩（xuàn）：惑乱。妻：指纯狐氏女。爰：于是。⑬ 射革：射穿皮革制的衣甲。⑭ 交：合，合谋。吞：吞灭。揆（kuí）：揣度，这里是算计的意思。

阻穷西征①，岩何越焉？化为黄熊②，巫何活焉③？咸播秬黍④，莆雚是营⑤。何由并投⑥，而鲧疾修盈⑦？

【注释】

① 阻：艰险。穷：困阻。征：行。② 黄熊：神话中说鲧死后变为黄熊。③ 巫：巫师，古代祭祀中以舞降神的人。按，关于神巫救活鲧的传说不见于其他古书，但从本篇以上四句可知，古代神话中有一种说法是，鲧放逐在东方羽山并化为黄熊以后，曾向西方行进，到昆仑山、灵山等神巫众多之处求救。④ 咸：全，都。秬（jù）黍：黑黍，黑小米。⑤ 莆：通“蒲”，水草。雚：通“萑（huán）”，芦类植物，嫩时即芦笋。营：谋，这里是寻求的意思。⑥ 并：一起。投：抛弃，指放逐。传说鲧与另外三个“恶人”一起被唐尧放逐到四方荒远之地。⑦ 疾：罪过。修：长久。盈：满，多。

白蜺婴茀①，胡为此堂？安得夫良药，不能固臧②？天式从横③，阳离爰死④。大鸟何鸣？夫焉丧厥体？

【注释】

① 蜺（ní）：同“霓”，副虹。婴：缠绕。茀（fú）：通“霈”，云气。神话中说崔文子向王子乔学仙，王子乔化为白虹给崔文子送药。文子感到惊怪，以戈击虹，仙药落地，地上还有王子乔的尸体。文子把尸体放在室中，盖上破筐。尸体变为大鸟，鸣叫起来。文子打开筐一看，大鸟就飞走了。② 固：牢靠。臧：通“藏”。③ 式：法则。从：通“纵”。纵横，指阴阳二气运动消长。④ 阳：阳气。古人认为人只有

阴阳二气共存于身才能生存。

蓱号起雨①，何以兴之？撰体协胁②，鹿何膺之③？鳌戴山抃④，何以安之？释舟陵行⑤，何以迁之⑥？

【注释】

① 蓱号(píng háo)：神话中的雨师。② 撰(zhuàn)：具。撰体，意思是身上具有。协：合。协胁，意思是长着两个上身。③ 鹿：古代神话中风伯(飞廉)是鹿身，这里的鹿可能就是指风伯。膺(yīng)：承受。④ 鳌(áo)：海中的大鳖。抃(biàn)：拍手，这里指鳌四足游动。神话中说渤海之东的大洋里，有五座神山浮动在水上，上帝怕它们漂流到西极，就命十五头巨鳌分三班以头顶山，使之稳定。⑤ 释：放弃。陵行：在陆地上行走。陵：大土山。⑥ 迁：搬走。神话中说龙伯国的巨人来到五座神山那里，一次就钓走六只巨鳌，背回国中。

惟浇在户①，何求于嫂②？何少康逐犬③，而颠陨厥首④？女歧缝裳⑤，而馆同爰止⑥。何颠易厥首⑦，而亲以逢殆⑧？

【注释】

① 浇：通“奡(ào)”，寒浞之子。户：房门。② 嫂：指浇

的嫂子，据说是一个寡妇。③ 少康：传说中夏代的中兴之主。据说浇杀死夏帝相，后来帝相的儿子少康又杀死浇，恢复了夏王朝。逐犬：指打猎。逐：驱使。④ 颠陨（yǔn）：坠落，这里指砍掉。⑤ 女歧：即浇的嫂子。⑥ 馆同：即同馆。馆：房屋。止：歇息。⑦ 易：换，这里指砍错了。厥首：指女歧的脑袋。传说少康派人夜里去杀浇，误砍下女歧的头；后来少康在打猎时进行偷袭，才杀死浇。⑧ 亲：自身，指浇。殆（dài）：危险。

汤谋易旅[①]，何以厚之[②]？覆舟斟寻[③]，何道取之[④]？桀伐蒙山[⑤]，何所得焉？妺嬉何肆[⑥]，汤何殛焉[⑦]？

【注释】

① 汤：应作“康”，指少康（“汤”的古字作“唐”，与“康”形近而误）。谋：谋划。易：治。旅：众，指少康的部下。② 厚：壮大。③ 覆舟：翻船。斟（zhēn）寻：与夏同姓的诸侯国。④ 道：方法。取：收集。传说夏帝相失国后，投靠斟灌、斟寻两国；浇又攻灭二斟，杀帝相。帝相子少康在有虞国的帮助下，集合斟灌、斟寻两国的民众，灭浇复夏。⑤ 桀（jié）：夏朝最后一代君王，传说中的暴君。蒙山：传说中的古国名。据说桀攻伐蒙山，得琬、琰二女，就把皇后妺嬉弃置在洛。妺嬉与商汤的主要谋臣伊尹勾结，终于灭夏。⑥ 妺嬉（mò xǐ）：夏桀的元妃，有施氏女。肆（sì）：放肆，此指过分的行为。⑦ 汤：商汤，传说中商朝的开国君主。殛

(jí):惩罚。商汤灭夏以后,把桀和妺嬉一起放逐到南巢。

舜闵在家[1],父何以鳏[2]? 尧不姚告[3],二女何亲[4]? 厥萌在初[5],何所亿焉[6]? 璜台十成[7],谁所极焉[8]?

【注释】

① 舜:虞舜,传说中的古帝,继唐尧为君。闵(mǐn):忧虑。家:成家,指娶妻生子。② 父:指舜父瞽(gǔ)叟。鳏(guān):男子成年独身。传说舜三十岁尚未娶妻。③ 尧:唐尧,传说中的古帝。姚:虞舜的姓。此指舜的家长瞽叟。传说尧把二女儿嫁给舜而没有与舜的家长商量。④ 二女:指尧的两个女儿,名叫娥皇、女英。亲:亲近。⑤ 厥(jué):其,这里泛指事物。萌:萌芽。⑥ 亿:通"臆",猜测,预料。传说商纣(zhòu)使用象牙筷,箕子就预料有了象牙筷必然要用玉杯,有了玉杯必然要吃熊掌、豹胎,这样下去必然还要大造宫室,后来商纣果然建造十层的玉台。⑦ 璜(huáng):玉。成:层。⑧ 极:尽,这里是看透的意思。

登立为帝[1],孰道尚之[2]? 女娲有体[3],孰制匠之[4]? 舜服厥弟[5],终然为害;何肆犬体[6],而厥身不危败?

【注释】

① 登:升。立:通"位"。② 道:道理,原则。尚:上,这

里是推举的意思。③ 女娲(wā):神话中上古的女帝。体:形体。传说女娲是人面蛇身。④ 制匠:制造,这里是产生的意思。匠:用作动词。⑤ 服:顺从。弟:指舜弟象。传说舜生母早死,其父瞽叟又娶后妻,生下象。这三人一再谋害舜,而舜却始终对他们和顺。⑥ 犬体:指舜弟象,比喻他的行为像恶狗。

吴获迄古[①],南岳是止[②];孰期去斯[③],得两男子[④]?缘鹄饰玉[⑤],后帝是飨[⑥];何承谋夏桀[⑦],终以灭丧?

【注释】

① 吴:古代诸侯国名,春秋时期据有今江苏省及浙江省的部分地区。迄古:终古,长久。② 南岳:泛指南方山水。止:处,这里是立国的意思。③ 期:预想。去:应为“夫”。“夫斯”,是复合指示代词,这种情况。④ 两男子:指太伯、仲雍。二人都是古公亶(dǎn)父(周文王的祖父)的儿子,因为看出古公亶父想让第三子季历继承君位,就主动逃避到江南,自号“句吴”,由于得到当地人的拥护,就在那里创建吴国。⑤ 缘:装饰。鹄(hú):天鹅。缘鹄饰玉,是指装饰着天鹅花纹并附有玉饰的鼎。⑥ 后帝:商汤。飨(xiǎng):请人食用。传说伊尹借助烹调说动商汤,得到重用,成为助汤灭夏的主要谋臣。⑦ 承:接受。谋:图谋,算计。传说伊尹受商汤之命打入夏朝做内应,为灭夏起了很大的作用。

帝乃降观①，下逢伊挚②。何条放致罚③，而黎服大说④？简狄在台⑤，喾何宜⑥？玄鸟致贻⑦，女何喜⑧？

【注释】

① 帝：商汤。降观：出巡，下察民情。② 伊挚（zhì）：即伊尹。“挚”是伊尹的名。传说伊尹本是个奴隶，所以说“下逢”。③ 条：鸣条，古地名，传说商汤在此打败夏桀。放：放逐。致：给以。④ 黎：民众。服：九服，指四方诸侯。说：通“悦”。⑤ 简狄（dí）：古代神话中有娀（sōng）国的美女，后来成为帝喾（kù）的次妃，生子契，是商朝的始祖。台：神话中说有娀国人建了一个高台，让简狄与她妹妹在上面居住。⑥ 喾：帝喾，神话中的古帝。宜：适宜，这里是动词，意思是帝喾认为简狄适宜作妃。⑦ 玄鸟：即凤凰。贻（yí）：这里作名词，礼物、聘礼。古代神话说帝喾曾派凤凰做媒，使简狄嫁给他。⑧ 女：简狄。

该秉季德①，厥父是臧②；胡终弊于有扈③，牧夫牛羊？干协时舞，何以怀之④？平胁曼肤，何以肥之⑤？有扈牧竖，云何而逢⑥？击床先出，其命何从⑦？

【注释】

① 该：通“亥”，即王亥，传说是殷人远祖，夏朝诸侯。据说他始作“服牛”，即使牛驾车。秉：（bǐng）：承，继承。季：即冥，王亥的父亲。传说他作过夏朝的司空（管整治水

土），勤于官事，殉职于水中。② 臧（zāng）：善，此为动词，以……为善。③ 胡：疑问词，为什么。弊（bì）：通“毙”，死。有扈（hù）：近人王国维认为应作“有易”，是传说中的古国名。据说王亥在有易放牧牛羊，后因淫乱，被有易国君绵臣杀死，并失去所牧的牛羊。以上二句为倒文。④“干协”二句：不详。一说，干：盾牌。协：和谐。时：是。怀：恋。⑤“平胁”二句：不详。一说，平胁：肋骨不显，指长得丰满。曼肤：肌肤润泽。肥：通“妃”，配，合。⑥“有扈”二句：不详。一说，有扈：应作“有易”。牧竖：牧奴，指有易族的牧人。逢：遭逢。有易之君绵臣派“牧竖”去杀害王亥，这个“牧竖”对于王亥而言是不速之客，所以说“云何而逢”。⑦“击床”二句：不详。一说，击床：指有易牧奴砍床杀死亥。先出：先动手。命：命令。

恒秉季德①，焉得夫朴牛②？何往营班禄，不但还来③？昏微遵迹④，有狄不宁⑤；何繁鸟萃棘，负子肆情⑥？眩弟并淫⑦，危害厥兄。何变化以作诈，后嗣而逢长？

【注释】

① 恒，王恒，王亥之弟。② 朴：通“仆”。仆牛，即服牛，是可以驾车服用的牛。③“何往”二句：不详。姜亮夫先生认为，这可能指王恒假借到有易去颁赐爵禄，从而要求王亥归还被有易抢走的服牛，但仍不得而还。④ 昏微：王亥之子上甲微。传说他继任殷君之后，借助河伯的军队

攻灭有易，杀其君绵臣。遵迹：遵照先人遗迹，指上甲微仍按其父王亥与叔父王恒的方式行事。⑤ 有狄：即有易。狄，通“易”。⑥“何繁鸟”二句：不详。姜亮夫先生认为可能指上甲微晚年淫乱。繁鸟：众多的鸟。萃（cuì）：聚集。棘（jí）：酸枣树。茎上多刺的酸枣树不是雀鸟停留的地方，所以“繁鸟萃棘”是说雀鸟来到了它们不该来的地方，比喻上甲微干了不该干的事。负子：有负于子，对不起儿子。肆情：放纵情欲。⑦“眩（xuàn）弟”四句：不详。王国维认为这四句仍是“述王亥、王恒、上甲微三世之事”。姜亮夫推测说上甲微晚年淫乱，可能他弟弟也有淫嫂杀兄等事；夺位之后，又让自己的儿子嗣续正统，继承君位，而不传其兄上甲微之子。眩弟：惑乱人的弟弟。作诈：进行欺诈。后嗣（sì）：后代，指上甲微弟弟的后代。逢：通“丰”。逢长，兴旺绵长。

成汤东巡①，有莘爰极②；何乞彼小臣③，而吉妃是得④？水滨之木⑤，得彼小子⑥；夫何恶之⑦，媵有莘之妇⑧？汤出重泉⑨，夫何罪尤⑩？不胜心伐帝⑪，夫谁使挑之⑫？

【注释】

① 成汤：商汤。② 有莘（shēn）：传说中的古国名。极：至，到。③ 乞：讨，要。小臣：奴隶，这里指伊尹。④ 吉：吉利。吉妃，带来幸运的配偶。传说商汤了解伊尹的才能，三次派人往聘，有莘之君却不给。于是汤请求娶有莘

之君的女儿为妻，有莘之君就把伊尹作为陪嫁奴隶送给了汤。⑤ 水滨之木：指水边的空心桑树。传说是伊尹母亲所变，空心桑树中有一个婴儿，被有莘国采桑女子拾得，献给国君，国君交给厨师抚养，这个婴儿就是伊尹。⑥ 小子：指伊尹。⑦ 恶（wù）：厌恶，这里是看不起的意思。⑧ 媵（yìng）：陪嫁的奴婢。这里是动词，意思是作为奴隶陪嫁。有莘之妇：指有莘国君的女儿。⑨ 汤出重泉：传说夏桀把商汤囚禁在夏台监狱，汤行了贿，才被释放。“重泉”可能指夏台监狱中的水牢之类。⑩ 罪尤：罪过。⑪ 不胜心：无法抑制仇恨之心。帝：夏桀。⑫ 挑：挑拨，挑动。以上二句是对所谓伊尹挑动商汤的传说提出疑问。

会朝争盟①，何践吾期②？苍鸟群飞③，孰使萃之？到击纣躬④，叔旦不嘉⑤；何亲揆发⑥，足周之命以咨嗟⑦？授殷天下，其位安施⑧？反成乃亡⑨，其罪伊何⑩？

【注释】

① 会：会合。朝：日，指甲子日。传说周武王在这一天会齐八百诸侯，在殷都附近的牧野攻破商朝军队。盟（méng）：起誓。② 践：履行。吾：指周，以周的口气说话。期：约定的时间。③ 苍鸟：指鹰一类的猛禽，这里比喻周军将士。④ 到击纣躬：据说周武王灭商之后，亲自射了纣王尸体三箭，还用剑击刺，又用大斧砍下纣的头，挂在大白旗上。躬：身体。⑤ 叔旦：姬旦，即周公，武王的弟弟。嘉：赞

同。⑥ 亲：亲自。揆(kuí)：度，引申为谋划的意思。发：姬发，即周武王。⑦ 足：完成。命：天命。咨嗟(zī jiē)：叹息。⑧ 位：王位。施：给予。⑨ 反：朱熹《楚辞集注》引一本作“及”。按：应作“及”，等到。⑩ 伊何：是什么。

争遣伐器①，何以行之②？并驱击翼③，何以将之④？昭后成游⑤，南土爰底⑥；厥利惟何，逢彼白雉⑦？

【注释】

① 遣：派遣。伐器：武器，这里指军队。② 行：做，行事。③ 并驱：并驾齐驱。击翼：指周军的两翼。周军进攻时两翼夹击，所以称击翼。④ 将(jiàng)：统率。⑤ 昭后：周昭王，西周第四代君主。成游：实现此一游。成：实现。⑥ 南土：南方，指楚国。底：至。传说周昭王南巡楚地，淹死在汉水中。⑦ 逢：迎，迎取。白雉(zhì)：白色的野鸡。古人认为这是难得的珍禽。

穆王巧梅①，夫何为周流？环理天下②，夫何索求？妖夫曳衒③，何号于市④？周幽谁诛⑤？焉得夫褒姒⑥？天命反侧⑦，何罚何佑？齐桓九会⑧，卒然身杀⑨。

【注释】

① 穆王：周穆王，西周第五代君主。巧：巧于，精于。

梅:通“枚”,马鞭,这里指鞭策之术。传说周穆王有八匹骏马,由造父给他驾驶,周游天下。② 环:周游。理:通“履”,这里有行的意思。③ 妖夫:妖人。见下文“褒姒”注。曳(yè):牵引,这里是携带的意思。衒(xuàn):炫耀,这里是夸耀某种东西而想把它卖出去的意思。④ 号(háo):呼喊,指叫卖。⑤ 周幽:周幽王,西周末主。诛:讨伐。⑥ 褒姒(bāo sì):周幽王的王后。传说周宣王时,有童谣说:“桑木的弓,箕木的箭袋,这些东西将要亡周国。”当时正有夫妇二人在市上叫卖桑木弓和箕木箭袋,宣王派人去抓他们,他们就逃往褒国。在路上拣了一个被抛弃的女孩,就收养了她,长大后就叫褒姒。后宣王的儿子幽王伐褒,褒人就把褒姒献给幽王。据说褒姒对西周的灭亡起了很大作用。⑦ 反侧:反复无常。⑧ 齐桓:齐桓公,春秋前期齐国国君,曾为诸侯霸主。九会:九次召集诸侯会盟。⑨ 卒然:终于。身杀:据说齐相管仲死后,桓公任用堂巫、易牙、竖刁、开方四个恶人,造成内乱。桓公病中,被围于一室,饥不得食,渴不得饮,死后仍不被收殓。

彼王纣之躬①,孰使乱惑?何恶辅弼②,谗谄是服③?比干何逆④,而抑沈之⑤?雷开阿顺⑥,而赐封之⑦。何圣人之一德⑧,卒其异方⑨?梅伯受醢⑩,箕子详狂⑪。

【注释】

① 躬:身,这里指纣王。② 辅弼(bì):辅佐,此为名词,

指辅佐之臣。③ 服:用。④ 比干:纣王的叔父,传说他因谏劝纣王而被挖心。逆:抵触,对立。⑤ 抑沈:压制埋没。沈,同"沉"。⑥ 雷开:纣王的恶臣。阿(ē):迎合。顺:顺从。⑦ 赐封:赏给财富,封为诸侯。⑧ 圣人:纣王的贤臣,即下文梅伯、箕子等。一德:一致的美德。⑨ 卒:终结。异方:各式各样。⑩ 梅伯:纣王的诸侯。醢(hǎi):古代的一种酷刑,把人剁成肉酱。⑪ 箕(jī)子:纣王的叔父。传说他向纣王进谏不被听取,就披发装疯,扮成奴隶的样子。详:通"佯(yáng)",假装。

稷维元子①,帝何竺之②? 投之于冰上,鸟何燠之③? 何冯弓挟矢④,殊能将之⑤? 既惊帝切激⑥,何逢长之⑦?

【注释】

① 稷(jì):后稷,又名弃。古代神话中说,帝喾的元妃姜嫄(yuán)因踩着巨人的脚印而心动,怀孕生稷,以为不祥,一再抛弃他都没有抛成,最后把他弃于冰上,又有大鸟用翅膀来覆盖他,终于不死。据说他是周人的始祖。元子:长子。② 帝:指帝喾。竺(zhǔ):通"毒",憎恶。③ 燠(yù):暖,这里是动词。④ 冯:通"凭",恃,仗着。挟(xié):夹持。⑤ 殊能:特殊的才能。将:动词,充当将帅的意思。传说稷在尧时曾任司马,执掌军权。⑥ 切激:深切激烈。⑦ 逢:通"丰"。逢长,兴盛而久长,这里用作动词。

伯昌号衰①，秉鞭作牧②；何令彻彼岐社③，命有殷国④？ 迁藏就岐⑤，何能依？ 殷有惑妇⑥，何所讥⑦？受赐兹醢⑧，西伯上告⑨；何亲就上帝罚，殷之命以不救？

【注释】

① 伯昌：姬昌，即周文王，曾被殷王朝封为雍州伯，又称西伯。号：发号施令。衰：指殷王朝衰败之世。② 秉：执掌。鞭：比喻权柄。牧：古时治民之官，这里指诸侯之长。殷代末年，周日益强盛，不少诸侯背殷而归附西伯。③ 彻：毁。岐(qí)：古地名，在今陕西省岐山县东北，周人曾在此建国。社：古代祭祀土神之所，立于国都，是一国政权的象征。周逐步强大以后，迁都于丰(今陕西省西安市长安区西北)，所以就毁弃原来的“岐社”，而立社于丰。这里“彻岐社”即意味着周的势力扩大。④ 命：天帝之命。⑤ 藏：指财产。就：到。传说因西伯姬昌有德，许多人都主动投周。⑥ 惑妇：指纣王的宠妃妲(dá)己，纣王受到她的迷惑。⑦ 讥：谏，劝诫。⑧ 受：纣王的名字。兹：此。醢：指梅伯的肉酱，传说纣王把它分赐诸侯。⑨ 上告：向上天控告。

师望在肆①，昌何识②？ 鼓刀扬声③，后何喜④？武发杀殷⑤，何所悒⑥？ 载尸集战⑦，何所急？

【注释】

① 师望：即姜太公，他入周后被称为太公望，又被文

王、武王立为“师”(官名),所以这里称师望。肆:店铺。传说姜太公入周前曾在殷都设店宰牛。② 昌:姬昌,即周文王。识:知,了解。③ 鼓刀:使刀发出响声。鼓:鸣。扬:张扬。④ 后:君,指周文王。⑤ 武发:周武王,名姬发。⑥ 悒(yì):忧,这里是恨的意思。⑦ 尸:灵牌。据说周文王死后不久,武王就起兵伐纣,把文王的灵牌载在兵车上。集战:会战。

伯林雉经①,维其何故? 何感天抑地,夫谁畏惧? 皇天集命②,惟何戒之③? 受礼天下④,又使至代之。

【注释】

① 伯林:指晋献公的太子申生。伯:长。林:君。雉经:缢死。晋献公的宠妃骊姬想立自己生的儿子奚齐为太子,陷害申生,申生被迫自缢。② 集:成,实现。③ 戒:告诫。④ 礼:通“理”。

初汤臣挚①,后兹承辅②;何卒官汤③,尊食宗绪④? 勋阖梦生⑤,少离散亡⑥;何壮武厉⑦,能流厥严⑧?

【注释】

① 汤:商汤。臣:动词,以某人为臣。挚(zhì):伊尹。② 兹:此,指伊尹。承:承当。辅:辅佐之臣。承辅,指商

汤让伊尹到夏桀那里去当官。传说伊尹曾五次在汤手下，又五次在桀手下。③ 官汤：在商汤处做官。④ 食：指享受祭祀。宗绪：宗族，这里指祖宗。甲骨卜辞中说伊尹死后，他的牌位也被摆进商朝的宗庙，陪从商汤享受祭祀。⑤ 勋：功绩，这里作形容词。阖（hé）：阖庐，春秋后期吴国国君，在位时吴国较强盛。梦：寿梦，吴国国君，阖庐的祖父。生：通“姓”，孙子。⑥ 离：通“罹”，遭遇。散亡：这里指被排挤在朝廷之外。吴王寿梦死后，传位长子诸樊，诸樊又传弟余祭，余祭又传弟余昧，余昧却把君位传给自己的儿子王僚。阖庐是诸樊的长子，认为按次序应由他即位，所以就派专诸刺杀王僚，当上吴王。这里“散亡”当指阖庐在余昧和王僚在位时受到排挤的情况。⑦ 武厉：雄壮猛厉。⑧ 流：流传。严：应作“庄”，汉代避明帝讳改。“庄”在这里是威武的意思。

彭铿斟雉①，帝何飨②？受寿永多③，夫何久长？中央共牧，后何怒④？蜂蛾微命，力何固⑤？惊女采薇⑥，鹿何祐⑦？北至回水⑧，萃何喜⑨？兄有噬犬，弟何欲？易之以百两，卒无禄⑩。

【注释】

① 彭铿（kēng）：即彭祖，是古代传说中的长寿人，活到八百岁。斟（zhēn）：用勺舀取，这里指盛在食器中献上。雉（zhì）：野鸡。传说彭祖善于烹调，曾做雉羹献给唐尧，唐尧食后认为很好。② 帝：指唐尧。飨（xiǎng）：享用。

③ 永：长久。④“中央共牧”二句：不详。一说，指西周厉王、宣王之间的“共和”执政。关于“共和”有两种说法：一种说周厉王被国人赶走，逃往彘(zhì)地，周公、召公二相执政，号曰“共和”。另一种说厉王逃到彘之后，共(gōng)伯和摄政。厉王死于彘之后，周王朝因长期大旱，进行占卜，说是厉王作祟，于是周公、召公立厉王的太子为宣王，共伯和回共国。这里“中央共牧”可能是指大臣诸侯共同治理周王朝。后：指周厉王。怒：指厉王死后作祟。⑤“蜂蛾微命”二句：不详。译文据郭沫若先生的《屈原赋今译》。⑥ 薇(wēi)：是一种野菜，即巢菜，又叫野豌豆。“惊女采薇”应读为“采薇惊女”。传说伯夷、叔齐兄弟二人因不赞成武王灭殷而隐避在首阳山，不吃周朝粮食，采薇而食。后来有一个女子对他们说，薇菜也是周朝的草木，他们就不再以薇为食。这里的“惊女”，即指听女子的话而吃惊。⑦ 鹿：神鹿。传说上天派白鹿来给伯夷、叔齐喝鹿奶，但后来二人仍饿死在首阳山。⑧ 回水：首阳山在河东蒲坂，华山之北，河曲之中，回水指河曲之水。⑨ 萃(cuì)：止，留。⑩“兄有噬犬”四句：不详。旧说，兄：指秦景公，春秋中期秦国国君。噬(shì)犬：咬人的猛犬。弟：指秦景公之弟鍼(qián)，后来逃亡到晋国。易：换。两：通“辆”。无禄：失去禄位。按，秦景公之弟鍼逃亡晋国的事见《左传》昭公元年。换犬事仅见于汉人王逸的《楚辞章句》，不知他有什么根据，所说仅供参考。

薄暮雷电①，归何忧？厥严不奉②，帝何求③？伏

匿穴处[4]，爰何云[5]？ 荆勋作师[6]，夫何长[7]？ 悟过改更，我又何言？

【注释】

① 薄暮：傍晚。按，从此句至篇末，不少人都认为原文有错乱。因无法确切考订，只能仍保持原样。所有注释，仅供参考。② 厥严：指楚国的威严。奉：持，保持。③ 帝：指上帝。“帝何求”是倒文押韵，等于说“何求于帝”。④ 匿(nì)：隐藏。穴处：住在山洞里。⑤ 爰：于是，对此。云：说。⑥ 荆：指楚国。勋：功业。作：振作，振兴。师：军队，武力。⑦ 长(zhǎng)：意思是作各国诸侯之长。楚怀王前期有志图强，曾作过六国“纵约长”(抗秦同盟国的首领)。

吴光争国[1]，久余是胜[2]。 何环穿自闾社丘陵[3]，爰出子文[4]？ 吾告堵敖以不长[5]，何试上自予[6]，忠名弥彰[7]？

【注释】

① 吴光：吴国公子姬光，即阖庐。争国：指阖庐谋杀王僚，争夺君位。② 久：长期。余：我们，指楚国。阖庐曾几次战胜楚国。③ 环：绕圈。穿：穿过。闾(lǘ)、社：都指村子。“环穿自闾社丘陵”一句指男女幽会的经过和地点。④ 出：生出。子文：春秋前期楚国的贤相，辅佐楚成王。据说子文是郧(yún)国之女和楚宗室斗伯比的私生子。

⑤ 堵敖：名熊囏(jiān)，春秋前期楚国国君(楚人称死后不加谥号的国君为"敖")，为其弟楚成王熊恽(yùn)所杀。⑥ 试：通"弑"。上：指堵敖熊囏。自予：指楚成王熊恽杀死堵敖，把王位加予自身。⑦ 弥(mí)：愈加。彰(zhāng)：显著。楚成王即位后，对人施加恩惠，又向周王朝进贡，表示敬意，以博取好名声。

【翻译】

问：
远古开端的情形，
是谁把它传下？
那时天地还未成形，
又何从加以考察？
昼夜不分，混沌昏暗，
谁能把它看清？
一派元气充溢的景象，
又如何认识分明？
宇宙中忽明忽暗，
为什么是这种情景？
阴阳与大自然三者结合，
何者为根本，何者是派生？
天有九层，
是谁把它筹划经营？
这是什么样的工程啊，
是谁最早来进行？
天穹旋转的轴心系于何处？

天的顶端又在哪里安放?

支撑天地的八柱在何方挺立?

为什么东南会有缺陷损伤?

天空分成九大块,

各部分怎样延伸,又怎样相连?

地上有许多角落和弯曲,

谁知道它们的总数怎样计算?

天在哪里与地接合?

十二辰究竟怎样划分?

太阳、月亮怎样附着在天上?

灿烂群星如何在空中列陈?

太阳升起在汤谷,

晚上止息在蒙汜;

从天亮跑到天黑,

它一共走了多少里?

月亮有什么好德性?

为何死去又还能升起?

它又为了什么好处,

把个玉兔养在怀里?

女歧未成婚配,

怎会得到九个儿子?

暴逆的阴气到底在何处?

和顺的阳气却又在哪里?

什么门关了就天黑?

什么门开了天又亮?

当那东方天未明,

太阳藏身在何方？
伯鲧不能胜任治洪水，
众人为何推举他？
他们都说何必要担忧，
为什么不让他试试再用他？
一群鸱龟拖拉留痕迹，
伯鲧依迹筑堤怎么就听信它？
鲧也想顺应众望把水来治好，
帝尧为什么对他加刑罚？
鲧长久被拘在羽山，
为何那么多年仍不放过他？
禹从鲧的腹中生出来，
为什么会有这样奇怪的变化？
禹继续承担先人的事业，
终于完成了亡父的宏伟功程。
为什么禹继续鲧的初志和事业，
他所用的方法却与其父不同？
洪水的泉源那么深，
禹用什么把它来填充？
他又把土地分九等，
是怎样确定土地肥瘠、赋税轻重？
应龙如何划地导水流？
江河入海经过了哪些途程？
治水之事哪些是鲧所经营？
哪些是禹所完成？
共工兵败怒满腔，

大地为何向东南倾？
九州是怎样设置？
河流水道是怎样挖成？
水向东流永远不满溢，
有谁知道其中原因？
地的东西和南北，
它们的距离怎样比较？
若说南北看来是狭长，
长出的里数是多少？
昆仑山上的县圃仙境，
它的地址究竟在哪里？
山上耸立着增城九层，
它的高度有多少里？
城门开向四面八方，
是什么从其中来来往往？
把西北方的城门打开，
有什么风从那里流通荡漾？
什么地方太阳照不到？
烛龙怎把那里来照亮？
太阳还未升起时，
若木之花为何放光芒？
什么地方冬天暖？
什么地方夏天凉？
哪儿有石头成了林？
什么野兽能够把话讲？
哪里有无角的巨龙，

驮着大熊出游？
九个头的大毒蛇，
在哪里飞快游走？
什么地方的人长生不死？
那里的巨人靠什么永生不休？
生着许多分枝的浮萍，
还有那枲麻之花，都长在哪里？
一条大蛇能把象吞下，
它该有多大的身体？
黑水那边有玄趾，
还有三危山，它们到底在何方？
玄趾、三危的人延年不死，
他们的寿命究竟有多长？
鲮鱼生长在何处？
鬿堆又呆在什么地方？
羿怎样把太阳射落？
太阳里的乌鸦又怎样翅断羽扬？
夏禹把精力投入治水工程，
他下来察看天下四方；
是怎么得到的那个涂山女子，
并和她结合于台桑？
禹喜爱自己的对象而同她结合，
这是为了后继有人传世悠长；
但为什么他的爱好与别人不同，
而仅仅满足一时的欢畅？
启想取代益而作君主，

忽然遭到灾祸；
为什么启遭得忧患，
又能从拘禁中解脱？
益的部下为什么都交出武器，
都不伤害夏启新王？
为什么益的统治竟被革除，
禹的后代却繁盛隆昌？
启急急忙忙去朝见上帝，
把《九辩》、《九歌》取到下方。
为什么涂山氏为保全儿子而杀身，
她的尸骨分裂，弃于地上？
天帝派夷羿下来，
改变夏王朝，又为害于夏朝的人民。
为什么羿要射伤河伯，
又娶了那洛水女神？
羿利索地运用扳指把弓拉满，
向着大野猪把箭头对准。
为什么羿献了肥厚的祭肉，
上帝还是不顺心？
寒浞想娶羿妻纯狐氏，
这个善于迷惑人的坏老婆就与之谋划；
为什么羿的力量可以射穿皮甲，
却被人当成吞灭的对象来算计？
鲧经历艰险向西行进，
他怎样把那些高山峻岭越过？
鲧已经变为黄熊，

神巫又如何把他救活？
鲧曾教灾民来种黑黍，
又教人寻找嫩蒲芦笋救饥饿。
为什么鲧和几个人一起被放逐，
而他受罪却那么长久那么多？
云气缭绕的白虹，
为什么来到崔文子堂上？
王子乔从哪里得了仙药，
却又不能牢固地保藏？
天的法则是阴阳二气不断运动变化，
阳气消失人就必死无疑。
王子乔死后为什么变为大鸟鸣叫？
他是怎样丧失了本来的躯体？
雨师发动下雨，
他是怎样把雨兴起？
神鹿的躯体长着两个上身，
它是从哪里承受了这种身体？
大鳖头顶神山四足游动，
它们怎样使神山稳定不移？
龙伯国巨人不用舟船而在陆地行走，
他们怎能把海中的大鳖钓离？
浇来到嫂子的门口，
对她有什么要求？
为什么少康出去打猎，
能砍下浇的人头？
女歧为浇缝衣裳，

他俩歇息同一房。
为什么女歧的脑袋被错砍，
浇不警惕终于遭祸殃？
少康策划整顿部队，
他怎样使队伍壮大？
斟寻已像翻掉的船一样灭亡，
少康用什么方法收集它的部下？
夏桀攻伐蒙山，
得到的好处是啥？
妺嬉有什么过分的行为，
商汤为什么要惩罚她？
舜为成家而忧愁，
为什么他父亲总是让他独身一人？
唐尧不告诉舜的家长，
怎么他两个女儿就与舜亲近？
事物的萌芽刚刚露头，
怎样猜测它变化于日后？
商纣王筑起玉台十层，
是谁早已把它看透？
上古人登位作帝王，
是根据什么原则推举出来？
女娲有那样的形体，
是谁把它产生出来？
舜处处顺从他那弟弟，
可是象终于还要为害成患；
为什么那狗东西如此放肆，

他本身却并没完蛋？
吴国得以长久存在，
立国于山明水秀的江南；
谁能预想出现这种情况，
主要因为它得到了两个男子汉？
伊尹用天鹅花纹的玉饰之鼎，

做出美味请商汤受享；
他又如何接受了谋算夏桀的使命，
终于使夏朝灭亡？
商汤出来察访民情，
在下面遇到伊尹。
商汤在鸣条放逐夏桀给以惩罚，
为什么民众和诸侯都大为欢欣？
简狄住在高台上，
帝喾为什么认为与她成家很适宜？
凤凰给简狄送去聘礼，
她为什么感到欢喜？
王亥继承了王季的德性，
以他父亲为好榜样；
他怎么最终死在有易，
为了在那里放牧牛羊？
亥拿着盾牌和谐跳舞，
为什么有人恋着他？
有易女长得健壮美丽，
亥又怎样把她勾搭？
有易族的牧奴，

怎样碰上了王亥的勾当？
牧奴砍床杀亥先已下手，
杀人的命令又来自何方？
王恒也继承了王季的德性，
他怎样能得到王亥丢失的服牛？
为什么他假借到有易去颁赐爵禄，
仍然是空手而回未达到要求？
上甲微仍按父亲和叔父的方式行事，
使有易不得安宁。
为什么群鸟聚集在酸枣树上，
恰如上甲微背负儿子晚年荒淫？
上甲微的弟弟都一样淫乱，
竟然要害自己的兄长。
为什么他这样行诈作恶，
他的后代却兴旺绵长？
商汤假托巡行东方，
于是来到有莘实有所求；
为什么他索讨奴隶伊尹，
却又得到一位带来幸运的配偶？
在水边的空心桑树中，
有莘女子拾得了那个小孩带回家；
为什么有莘之君不把伊尹放在眼里，
却让他以奴隶之身作为女儿的陪嫁？
商汤从重泉被释放出来，
到底他以前犯了什么罪过？
他无法抑制仇恨之心而讨伐夏桀，

哪里需要有人来挑拨？
八百诸侯会合于甲子日，争相誓师，
他们是怎样如约赶到不误日期？
勇猛的将士像群鹰飞翔搏击，
是谁使他们聚到了一起？
武王亲自砍击纣的尸体，
周公对此不表同意。
为什么周公亲自为武王出谋划策，
完成了周人所受的天命之后却又叹息？
上帝把天下授予殷人，
王位的给予究竟根据什么？
等到王朝建成却又使它灭亡，
它的罪过又是什么？
众诸侯争相派遣军队，
他们为何做出这样的安排？
周军并驾齐驱，两翼夹击，
又是怎样部署统率？
昭王实现他的巡游，
于是来到南方的楚地；
他究竟为什么利益，
而要去迎取那白色的野鸡？
周穆王善于驾车行驶，
他为什么要到处周游？
周游几乎遍于天下，
他到底有什么追求？
妖人携带弓和箭袋到处夸耀，

他们怎样吆喝叫卖在那闹市？
周幽王兴兵讨伐哪国？
他又怎样得到了褒姒？
天命真是反复无常，
它究竟让谁受惩罚，谁受保祐？
齐桓公曾九次召集诸侯，
最后却被害至死无人援救。
纣王那个人啊，
是谁使他迷惑发昏？
他为什么厌恶辅佐他的忠臣，
却任用善于谄媚进谗的奸臣？
比干有什么和纣王过不去，
而受到压制杀戮？
雷开对纣王迎合顺从，
却被赐以高官厚禄。
为什么圣人们有一致的美德，
而结局却各式各样？
梅伯被剁成肉酱，
箕子则假装疯狂。
后稷是帝喾的长子，
帝喾为什么那么憎恶他？
把他丢弃在冰上，
大鸟为什么来温暖他？
为什么后稷还能拿弓带箭，
以特殊的才能统领兵将？
后稷既然使帝喾深受惊吓，

为什么他还能兴盛久长?
西伯姬昌在殷朝衰世发号施令,
执掌大权成为诸侯之长;
为什么天命让他势力扩大,
并终于让他占有殷邦?
众人把财宝搬到岐都,
为什么都来依附于周?
殷纣王身边有惑乱人心的妇人,
对于他还有什么说头?
纣王把梅伯的肉酱赐给诸侯,
西伯就向上天控诉;
为什么纣王本人受到上帝的惩罚,
殷王朝的命运也不可挽救?
姜太公在肉铺宰牛,
周文王怎样了解他的才能?
姜太公摆弄牛刀发出响声,
周文王听了为什么高兴?
周武王砍下纣王的脑袋,
究竟怀有什么仇恨?
他载着文王的灵牌前去会战,
为什么这样心急如焚?
晋太子申生上吊自尽,
这究竟是什么原因?
为什么他的死能感天动地,
又有谁对此感到触目惊心?
上天在实现其天命的时候,

是怎样告诫那些受命为君的人？
让某位君王接受天命治理天下，
又让他人来代而为君。
最初商汤用伊尹为臣，
后来又让他去做夏桀的辅臣；
为什么伊尹最后还是到商汤手下做官，
商王朝祭祀宗庙还有他一份？
功勋卓著的阖庐是寿梦的孙子，
他年轻时遭到排挤离开朝堂；
为什么阖庐壮年以后却雄武猛厉，
能够把他的威名传扬？
彭祖献上野鸡汤，
唐尧为什么乐于受享？
彭祖享有很长的寿命，
何以他能活得那么久长？
大臣诸侯共同执政，
死去的周厉王为什么怒火万丈？
蜜蜂和蚂蚁尽管微渺，
而力量何以又那么顽强？
伯夷叔齐采薇为食却惊于女子之言，
神鹿为什么来加以保佑？
他们向北来到河曲之中的首阳山，
为什么乐于在那里停留？
秦景公有咬人的猛犬，
他弟弟为什么想要？
用一百辆车去换也未换到，

终于丢了爵禄还被迫外逃。
傍晚时分雷鸣电闪，
不如归去，何必在这里忧愁？
楚国的威严已无法保持，
对上帝还有什么要求？
因放逐而隐伏在洞穴的人，
对国事还有什么话讲？
功业显赫的楚国曾经振兴武力，
请看它当初怎样成为各国之长？
当朝的国君如能觉悟过错改弦更张，
我又何必多把话讲？
杀君篡国的阖庐，
却能长期战胜我们。
为什么穿村过陵野合私通，
却能生出贤相子文？
我说堵敖那样的君主不会久长，
为什么楚成王杀死堵敖自立为王，
而他的忠名却更加传扬？

九　　章

《九章》包括屈原的九篇辞作。从内容上看，这些辞作并非作于一时一地。大约是汉代人把它们辑在一起，并标之为《九章》。这个名称只是说明这一组有九篇作品，并无其他含义。

《九章》中的辞作在一定程度上反映了屈原生平各个时期的思想感情变化，并提供了关于屈原斗争经历的种种情况。所以这些辞作具有值得重视的文学价值和史料价值。

以下选译《九章》中的五篇。

涉　　江

本篇是屈原晚年被流放到楚国江南地区时所作，诗题“涉江”即指渡江而南的意思。作者写作本篇时已经到了湘西地区，并在篇中追记了从鄂渚（在今武汉地区）至辰阳、溆浦的行程。从这个行程看，本篇所记是与《哀郢》相衔接的。因为《哀郢》是写作者从郢都出发，向东经今武汉地区而至陵阳；本篇所记则是从陵阳返回，重经武汉地区，然后由长江入洞庭，渡湖入沅，直到湘西辰阳、溆浦一带。这一行程所经的地方大都僻远荒凉，特别在进入湘西以后，更是独处深山，与世隔绝。但在这样艰苦的环境中，诗人的坚强性格依旧不改，诗中反复强调了不与反动集团妥协的决心，并通过优美的想象说明自己的进步理想至老不衰，可以“与天地同寿”、“与日月同光”。因此诗中所描写的山水景物虽似荒无人烟，却显得幽深清峻，毫无感伤的阴影，反而有力地衬托了诗人倔强而孤傲的形象。

由于本篇和《哀郢》一样，都对屈原流放的行程有所记述，所以这两篇辞作都是研究屈原晚年经历的重要史料。

余幼好此奇服兮①，年既老而不衰②。带长铗之陆离兮③，冠切云之崔嵬④。被明月兮珮宝璐⑤。世溷浊而莫余知兮⑥，吾方高驰而不顾⑦。驾青虬兮骖白螭⑧，吾与重华游兮瑶之圃⑨。登昆仑兮食玉英⑩。与天地兮同寿，与日月兮同光。哀南夷之莫吾知兮⑪，旦余济乎江湘⑫。

【注释】

① 奇服：奇异美丽的服装，这里比喻不同一般的德和才。② 衰：减退。③ 带：佩带。长铗(jiá)：指长剑。陆离：曼长的样子。④ 冠：帽，这里用作动词，戴的意思。切云：一种很高的帽子。“切”是接触的意思，用“切云”是形容冠高。崔嵬(wéi)：高耸的样子。⑤ 被：同“披”。明月：夜光

珠的别名。珮：同“佩”，佩带。宝璐（lù）：美玉。从文例看，此句之前疑缺一句。⑥ 溷（hùn）浊：混乱污浊。⑦ 方：正在。高驰：高高地飞驰，比喻坚持进步理想，昂首向前。⑧ 虬（qiú）：传说中的一种龙。骖（cān）：古代四马并列驾车，在左右靠外边的两匹马叫骖。这里用作动词，意思是将白螭驾于车前两边。螭（chī）：传说中一种与龙相似的动物。⑨ 重华：传说中古帝虞舜的名字。瑶：美玉。圃（pǔ）：花园。古代神话中说昆仑山上有瑶圃，是天国中盛产美玉的园地。⑩ 玉英：玉的花朵。食玉英，比喻坚持理想，进修才德。从文例看，此句之前疑缺一句。⑪ 南夷：等于说“南蛮”，楚国境内长江以南地区开发较晚，其中湘西地区又是楚人与异族共居之地，作者涉江渡湘，所要去的正是这个地方。⑫ 旦：清晨。济：渡过。乎：于。江：长江。湘：湘水，是今湖南省境内流入洞庭湖的大河。

乘鄂渚而反顾兮①，欸秋冬之绪风②。步余马兮山皋③，邸余车兮方林④。乘舲船余上沅兮⑤，齐吴榜以击汰⑥。船容与而不进兮⑦，淹回水而疑滞⑧。朝发枉渚兮⑨，夕宿辰阳⑩。苟余心其端直兮⑪，虽僻远之何伤？

【注释】

① 乘：登。鄂渚（è zhǔ）：洲名，在今湖北省武汉地区江中。反顾：回顾。② 欸（āi）：叹息。绪风：馀风。③ 步：慢行。山皋（gāo）：山湾。④ 邸（dǐ）：通“抵”，停止。方林：

旧说是地名，不详所指。一说，“方林”即大树林。⑤ 舲(líng)船：有篷窗的小船。上：逆流而行。沅：沅水，是今湖南省内流入洞庭湖的又一条大河。⑥ 齐：船桨一起划动。榜：划船的桨。因仿吴地所用的桨，故称之为吴榜。汰(tài)：水波。⑦ 容与：行进迟缓的样子。⑧ 淹：滞留。回水：回旋的水流。疑滞：即凝滞，停滞不前。⑨ 发：出发，启程。枉渚：地名，在今湖南省常德市附近，沅水北岸。⑩ 辰阳：地名，故城在湖南省辰溪县西，沅水北岸。⑪ 苟：假若，只要。端直：正直。

入溆浦余儃佪兮①，迷不知吾所如②。深林杳以冥冥兮③，猿狖之所居④。山峻高以蔽日兮⑤，下幽晦以多雨⑥。霰雪纷其无垠兮⑦，云霏霏与承宇⑧。哀吾生之无乐兮，幽独处乎山中⑨。吾不能变心而从俗兮，固将愁苦而终穷⑩！

【注释】

① 溆(xù)浦：今湖南省有溆水，起于今溆浦县，流入沅水。这里的“溆浦”当是溆水沿岸的一个地方。儃佪(chán huí)：徘徊不前。② 如：往。所如，指要去的地方。③ 杳(yǎo)：幽深的样子。冥(míng)冥：昏暗的样子。④ 猿狖：泛指猿猴。狖(yòu)：黑色长尾猿。⑤ 峻：山高而险。⑥ 幽晦(huì)：阴暗。⑦ 霰(xiàn)：空气中的水汽结成的雪珠，往往在下雪之前降落。垠(yín)：边际。⑧ 霏霏(fēi)：纷纷，这里形容云气很多。承：连接。宇：天宇，天

空。⑨ 幽：深隐的样子。⑩ 固：本来。

接舆髡首兮[①]，桑扈臝行[②]。忠不必用兮，贤不必以[③]。伍子逢殃兮[④]，比干菹醢[⑤]。与前世而皆然兮，吾又何怨乎今之人？余将董道而不豫兮[⑥]，固将重昏而终身[⑦]！

【注释】

① 接舆：春秋时楚国的隐士。髡（kūn）：古代的一种刑罚，把头发剃掉，以示贬辱。接舆为逃避现实，假装疯癫，自己把头发剃去。② 桑扈（hù）：古代隐士。臝（luǒ）行：裸体而行，也是一种违抗世俗的表现。臝，同“裸”。③ 以：用。④ 伍子：春秋时吴大国臣伍员（yún），字子胥，他忠于吴国，直言敢谏，终被吴王夫差逼死。⑤ 比干：商纣时的同姓大臣，被纣王所迫，剖腹挖心而死。菹醢（zū hǎi）：古代酷刑，把人剁成肉酱。这里是泛说比干死得惨。⑥ 董：正，这里是动词，守正不邪的意思。豫：犹豫。⑦ 重：严重。昏：糊涂。

乱曰：鸾鸟凤皇[①]，日以远兮。燕雀乌鹊[②]，巢堂坛兮[③]。露申辛夷[④]，死林薄兮[⑤]。腥臊并御[⑥]，芳不得薄兮[⑦]。阴阳易位[⑧]，时不当兮[⑨]。怀信侘傺[⑩]，忽乎吾将行兮[⑪]。

【注释】

① 鸾(luán):传说中凤凰一类的神鸟。凤皇:通“凤凰”,传说中的神鸟,雄的叫凤,雌的叫凰。鸾鸟凤皇:比喻忠臣贤士。② 燕雀乌鹊:比喻邪佞无能的人。③ 巢(cháo):鸟窝,这里是动词,筑窝。坛:古代为祭祀或其他重大典礼而修筑的台。④ 露:显露。申:通“伸”,枝叶伸展,生长良好。辛夷:木兰一类的花树,又名木笔、迎春。⑤ 薄:草木丛生的地方。⑥ 腥臊:指有臭味的东西,比喻奸邪的人。御:进用。⑦ 芳:指芳洁之物,比喻忠直的人。薄:靠近。不得薄,不能靠近食用者,即不被食用。⑧ 阴阳易位:昼夜错乱,明暗失调。比喻是非颠倒,黑白不分。⑨ 当:遇上。⑩ 信:忠实之心。侘傺(chà chì):怅然而立,失意的样子。⑪ 忽:飘忽,没有着落的样子。

【翻译】

我从小就喜好奇丽的服饰啊,
年纪虽老却没有减少这种爱好。
身佩长剑长又长啊,
头戴高冠高又高。
披着珠串啊,还佩带着美玉珍宝。
世道混乱污浊没人理解我啊,
我正要高高飞驰不理不顾。
让青龙驾辕啊,让白龙拉偏套,
我随虞舜同游啊,在昆仑山的瑶圃。
登上昆仑啊,吃着玉花,

与永久的天地啊，寿命一样。
与明亮的日月啊，同放光芒。
悲叹那南部荒蛮之地无人了解我啊，
我却在清晨渡过长江湘水向那里流放。
登上鄂渚回望来路啊，
感叹秋冬的馀风令人凄凉。
让我的马在山湾里慢行啊，
把我的车停在方林边上。
乘着有窗的篷船在沅水中逆流而上啊，
整齐地划着船桨击起波浪。
小船缓缓而行难以向前啊，
滞留在回旋的水中迂回漂荡。
清晨从枉渚启程啊，
黄昏停宿在辰阳。
只要我心地正直啊，
虽然身处荒远之地，又有何损伤？
进入溆浦我徘徊不前啊，
心里迷茫不知去往哪里。
密林幽深又昏暗啊，
那是猿猴的生息之地。
山高陡险遮蔽了阳光啊，
山下阴暗又多雨。
雪珠纷飞无边无际啊，
云气弥漫上接天宇。
悲叹我活在世上没有乐趣啊，
独居山中深深地隐蔽。

我不肯改变心志顺从世俗啊，
这本来就会愁苦而穷困到底！
接舆装疯剃掉了头发啊，
桑扈违抗世俗裸体而行。
忠臣不一定被使用啊，
贤能不一定得到任命。
看那伍子胥遭了祸殃啊，
比干也惨受酷刑。
现在与前代都一样啊，
我又何必怨恨当今的人？
我要坚持正道而不犹豫啊，
肯定一辈子也成不了聪明人！
尾声：
鸾鸟凤凰，
一天天远去啊。
燕雀乌鹊，
却在殿堂和高台上筑巢啊。
风姿招展的辛夷树，
却枯死在乱树丛中啊。
腥臭之物都被进献，
芳洁美味却不被食用啊。
黑白不分，
生不逢时啊。
怀着忠诚之心而始终失意，
飘飘忽忽我将去往远方啊。

哀郢

本篇是屈原晚年流放于楚国江南地区时所作。本篇的创作背景与楚顷襄王二十一年(公元前278)秦将白起攻破楚国郢都(今湖北省荆州市)有关。篇名“哀郢”即是对故都破灭、人民遭难表示哀伤的意思。全篇主要写诗人由于郢都失陷而追想自己当年离郢和一路流放的情形;围绕着对于故都的思念,篇中深刻地表现了诗人对楚国乡土的热爱,对人民命运的关怀;同时也在有关楚国政治的反思中,对腐朽的统治集团作了尖锐的揭露。由于作者把个人流放中的痛苦心情和对楚国命运的深刻关怀紧密结合在一起,所以全诗既有深沉的抒情意境,也包含了丰富的政治意义。

本篇和《涉江》都写了屈原在顷襄王朝流放江南的历程和心情,所以这两篇辞作对了解诗人晚年的遭遇和思想,考证放逐的时地,都很有帮助。但本篇是屈原辞作中疑难较多的一篇,尤其是关于创作背景和时地的解释,说法多有分歧。这里所作译注仅据较为通行之说,以供读者参考。

皇天之不纯命兮①,何百姓之震愆②? 民离散而相失兮,方仲春而东迁③。去故乡而就远兮,遵江夏以流亡④。出国门而轸怀兮⑤,甲之鼂吾以行⑥。发郢都而去闾兮⑦,怊荒忽之焉极⑧? 楫齐扬以容与兮⑨,哀见君而不再得。望长楸而太息兮⑩,涕淫淫其若霰⑪。过

夏首而西浮兮⑫，顾龙门而不见⑬。心婵媛而伤怀兮⑭，眇不知其所蹠⑮。顺风波以从流兮，焉洋洋而为客⑯。凌阳侯之泛滥兮⑰，忽翱翔之焉薄⑱。心结结而不解兮⑲，思蹇产而不释⑳。将运舟而下浮兮，上洞庭而下江㉑。去终古之所居兮㉒，今逍遥而来东㉓。

【注释】

① 纯：正，常。命：指天命。② 震：震动。愆(qiān)：罪过，遭罪。③ 仲春：农历二月。④ 江：长江。夏：夏水，古河名，出于长江；在由江陵至监利一段与长江很靠近，所以这里"江"、"夏"并提。⑤ 国门：都城之门。轸(zhěn)：通"纱"，指心头扭结，悲痛。⑥ 甲：古代以"十干"、"十二支"相配纪日，"甲"是十干之一，这里指甲日。鼌(zhāo)：同"朝"，早晨。⑦ 发：出发。闾(lǘ)：里门，此指故乡。⑧ 怊(zhāo)荒忽：三字状语，遥远的样子。焉：哪里。极：尽头。⑨ 楫(jí)：船桨。容与：缓缓而行。⑩ 长楸(qiū)：高大的梓树。⑪ 淫淫：形容泪流不止。霰(xiàn)：雪珠。⑫ 西浮：诗人离郢都后，先顺夏水西行入长江，再沿长江东下，故称西浮。⑬ 顾：回头看。龙门：郢都东门。⑭ 婵媛(chán yuán)：情思缠绵的样子。⑮ 眇(miǎo)：通"渺"，辽远的样子。蹠(zhí)：践，落脚。⑯ 焉：于是。洋洋：漂泊不定的样子。客：此指流浪在外的人。⑰ 凌：登，乘着。阳侯：波神，此指波浪。泛(fàn)滥：大水涨溢。⑱ 忽：飘忽的样子。焉：哪里。薄：通"泊"，停泊。⑲ 絓(guà)结：心有牵挂而忧思郁结。⑳ 蹇(jiǎn)产：曲折，不顺畅。释：消解。㉑ 洞庭：湖名，在今湖南省。此句说诗人乘船过了洞庭湖与长江汇

合之处。这时长江上游已在身后,故称“上洞庭”;下游在前方,故称“下江”。㉒ 终古:久远。㉓ 逍遥:这里指飘泊流荡。

羌灵魂之欲归兮①,何须臾而忘反②。背夏浦而西思兮③,哀故都之日远。登大坟以远望兮④,聊以舒吾忧心。哀州土之平乐兮,悲江介之遗风⑤。当陵阳之焉至兮⑥,淼南渡之焉如⑦。曾不知夏之为丘兮⑧,孰两东门之可芜⑨。心不怡之长久兮⑩,忧与愁其相接。惟郢路之辽远兮⑪,江与夏之不可涉⑫。忽若去不信兮⑬,至今九年而不复⑭。惨郁郁而不通兮⑮,蹇侘傺而含感⑯。

【注释】

① 羌(qiāng):楚方言,发语词。② 须臾(yú):片刻。③ 背:背向,背离。夏浦:夏口,即今天的汉口。西思:诗人此时已过夏口,郢都在夏口西面,所以称思念郢都为西思。④ 坟:水边高地。⑤ 江介:长江两岸。遗风:楚地从古代流传下来的淳朴民风。⑥ 当:正值,面对着。陵阳:地名,即今安徽省青阳县陵阳镇,是屈原向东流放的终点。一说“陵阳”就是“陵阳侯”,指波浪。⑦ 淼(miǎo):大水茫茫的样子。焉如:到哪里去。如:往。⑧ 曾不知:不曾料想。夏:通“厦”,此指楚国郢都的宫殿。秦兵攻占郢都,曾烧毁楚国先王陵墓及宫殿建筑。⑨ 两东门:郢都东关的两座城门。芜:荒废,野草丛生。⑩ 怡:愉快。⑪ 惟:发语词。

郢路：通往郢都的道路。⑫ 涉：徒步过水。⑬ 忽：迅速，比喻时光消逝得飞快。若：好像，似乎。⑭ 九年：指被流放多年，“九”为虚数；也有人认为“九”是实指。⑮ 惨郁郁：忧愁郁积的样子。不通：不能化解，心情不畅。⑯ 蹇侘傺（chà chì）：困顿失意的样子。慼：同“戚”，忧伤。

外承欢之汋约兮①，谌荏弱而难持②。忠湛湛而愿进兮③，妒被离而鄣之④。尧舜之抗行兮⑤，瞭杳杳而薄天⑥。众谗人之嫉妒兮，被以不慈之伪名⑦。憎愠惀之修美兮⑧，好夫人之忼慨⑨。众踥蹀而日进兮⑩，美超远而逾迈⑪。

【注释】

① 外：表面，外貌。承欢：奉承凑趣。汋（chuò）约：同“绰约”，姿态柔美的样子。② 谌（chén）：诚然，确实。荏（rěn）弱：软弱。难持：不可靠。持，通“恃”。③ 湛湛（zhàn）：淳厚朴实的样子。愿进：愿被任用，为国君效力。④ 被离：通“披离”，纷然杂乱的样子。鄣：同“障”，阻塞，遮蔽。⑤ 尧舜：唐尧、虞舜，都是传说中的上古圣君。抗行：高尚的行为。⑥ 瞭杳杳（yǎo）：高远的样子。薄：迫近。⑦ 被：加在身上。不慈：对子女不慈爱。尧舜都没有把王位传给儿子，因此被谗人诬蔑为不慈。⑧ 愠惀（wěn lún）：心地忠厚而不善言词。⑨ 好（hào）：喜爱。夫（fú）：指示代词，彼。忼慨：同“慷慨”，此指善于发表激昂动听的言词。⑩ 众：指谗人。踥蹀（qiè dié）：小步行走的样子。⑪ 美：

指贤者。逾迈：愈加疏远。

乱曰：曼余目以流观兮①，冀一反之何时②？鸟飞反故乡兮，狐死必首丘③。信非吾罪而弃逐兮④，何日夜而忘之⑤！

【注释】

① 乱：古代乐歌中的尾声，在辞作中是全篇的结语。曼：伸展。流观：四处观望。② 冀（jì）：希望。③ 丘：小山。首丘：传说狐狸临死时总把头向着自己生长的小山。④ 信：确实。⑤ 之：指郢都。

【翻译】

天命是这样无常啊，
为什么百姓要遭祸殃？
他们是妻离子散啊，
在二月间逃向东方。
我离开郢都去往远方啊，
沿着长江、夏水一路流放。
出了都城心中悲痛啊，
甲日的清晨我启程远航。
从郢都出发离开故乡啊，
那遥远旅程的尽头又在何方？
桨儿齐举，船儿慢行啊，
伤心的是再也见不到君王。

遥望那高大的梓树而叹息啊，
雪珠般的泪水止不住流淌。
过了夏水之头船向西行啊，
回顾郢都再不见东门的城墙。
情思绵绵说不尽的忧伤啊，
茫茫前程不知落脚在何方。
随波逐流在江河上啊，
漂泊无依沦落他乡。
在激荡的波浪里颠簸啊，
起伏不定的小船将在何处停航。
心有牵挂郁结难解啊，
情思纠缠怎能消释愁肠。
驾船驶向下游啊，
身后是洞庭，前方是长江。
离开那世代定居的故土啊，
飘飘荡荡来到东方。
梦中也想着归去啊，
何曾有片刻忘记故乡。
离开夏口想念西边的郢城啊，
故都越来越远真叫人悲伤。
登上高坡眺望远方啊，
姑且舒散我心中的郁闷惆怅。
在这平宽的土地上人民还安居乐业啊，
可悲的是那淳美的民风恐怕不能久长。
来到陵阳还要往哪里啊，
渡过茫茫大水被抛弃在江南。

想不到郢都的宫室变为荒丘啊，
为什么东关里外会荒草凌乱。
郁郁不欢年复一年啊，
紧接着忧伤的还是愁烦。
通向郢都的道路是多么遥远啊，
长江夏水又把归途隔断。
光阴飞逝真叫人难以相信啊，
流放了这么多年仍然不得回还。
郁积的悲愁难以化解啊，
困顿失意满腹辛酸。
阿谀奉承的小人装扮得花枝招展啊，
实际上是软骨头怎能把重任承担。
忠心耿耿愿为君国效力啊，
形形色色的嫉妒却把道路阻拦。
唐尧、虞舜行为高尚啊，
像是在天上高不可攀。
谗人们嫉妒尧、舜的磊落啊，
竟强加给他们以不慈的头衔。
憎恶忠厚贤臣的美德啊，
却偏爱小人们故作慷慨的伪善。
谗人们扭扭捏捏挤进朝廷啊，
只能使贤人君子愈来愈疏远。
尾声：
我放眼向四方观望啊，
想回故都不知在哪月哪年？
鸟儿最终要飞回故乡啊，

狐狸临死还把头冲着自己生长的小山。
我确实无罪而被流放啊，
日日夜夜怎能忘怀故都家园！

抽　思

本篇是屈原在楚怀王后期初次离开郢都，迁在汉北时的作品。篇名“抽思”取自篇中“少歌”的“与美人抽思”一句（“思”一作“怨”）。“抽”通“紬（chōu）”，本义是理出丝缕的头绪，引申为寻究事理，编成条理。“抽思”就是在纷乱复杂的思想感情中找出头绪，加以缕述。本篇以屈原被迫离郢而远离楚国政治中心为背景，表达了诗人对郢都的强烈思念。由于返回郢都的愿望得不到理解和实现，所以全诗饱含着既悲伤又愤慨的纷乱情思。诗人曾想“摇起而横奔”，却又“览民尤以自镇”；因而只得“狂顾南行，聊以娱心”。这种剪不断、理还乱的心绪，是诗人渴望参与政治斗争、实现改革理想而又多受挫折、无可奈何的深刻表现。

篇中有关梦魂的描写尤有抒情深度，丰富了浪漫主义创作方法的艺术表现，突出了诗人忧思如焚的心情与冷酷现实之间的尖锐矛盾。全诗抒情内容分别安排在“少歌”、“倡”、“乱”等部分之中，结构错落有致。“乱”辞中所抒发的关于行止进退的矛盾心情与前文紧密呼应，使全篇脉络贯通，达到了艺术上的高度完整。

心郁郁之忧思兮①，独永叹乎增伤②。思蹇产之不释兮③，曼遭夜之方长④。悲秋风之动容兮⑤，何回极之浮浮⑥？数惟荪之多怒兮⑦，伤余心之懮懮⑧。愿摇起而横奔兮⑨，览民尤以自镇⑩。结微情以陈词兮⑪，矫以遗夫美人⑫。昔君与我诚言兮⑬，曰黄昏以为期⑭。羌中道而回畔兮⑮，反既有此他志⑯。憍吾以其美好兮⑰，览余以其修姱⑱。与余言而不信兮，盖为余而造怒⑲？

【注释】

①郁郁：愁闷忧郁的样子。②永叹：长叹。增伤：愈来愈伤感。③蹇（jiǎn）产：曲折，不顺畅。释：解开。④曼：长。⑤动容：意思是秋风一吹，草木凋枯，大自然的面貌为之变化。容：指大自然的面貌。⑥回极："四极"之误，指四方的极边。浮浮：动荡不定。⑦数（shuò）：屡次。惟：思。荪（sūn）：香草，比喻楚王。⑧懮懮（yōu）：愁苦的样子。⑨摇起：突然有所行动。摇：快速的样子。横奔：不按道路乱跑。摇起横奔：比喻自暴自弃，不顾一切地乱来。⑩尤：罪，苦难。镇：镇定。⑪结：聚。微情：微小的心意，是谦词。陈词：陈述言词。⑫矫：举。遗（wèi）：赠与。美人：比喻楚王。⑬诚言：真诚地说。⑭期：指婚期。⑮羌（qiāng）：楚方言，发语词。中道：半路上。回畔：翻悔。畔：通"叛"，背离。⑯既：已经。他志：别的打算。⑰憍：同"骄"，骄傲。⑱览：显示。修姱（kuā）：美好。⑲盖（hé）：通"盍"，疑问词，何以、为什么。造怒：故意找岔，发泄怒火。

愿承间而自察兮①，心震悼而不敢②。悲夷犹而冀进兮③，心怛伤之憺憺④。兹历情以陈辞兮⑤，荪详聋而不闻⑥。固切人之不媚兮⑦，众果以我为患⑧。初吾所陈之耿著兮⑨，岂至今其庸亡⑩？何独乐斯之謇謇兮⑪？愿荪美之可光⑫。望三五以为像兮⑬，指彭咸以为仪⑭。夫何极而不至兮⑮？故远闻而难亏⑯。善不由外来兮⑰，名不可以虚作⑱；孰无施而有报兮⑲，孰不实而有获⑳？

【注释】

① 间：间隙，机会。承间，趁着合适的时机。自察：自我表白。② 震悼：又害怕又悲伤。震：惊。③ 夷犹：犹豫。冀(jì)：希望。进：进用。④ 怛(dá)：悲伤。憺(dàn)憺：通"惔(tán)惔"，被火焚烧的样子，这里指忧心如焚。⑤ 兹：此。历：列举。⑥ 详：通"佯"，假装。⑦ 切人：真诚直率之人。⑧ 众：指与屈原对立的楚国贵族。⑨ 陈：陈述。耿著：明白显著。⑩ 庸：乃，就。亡：通"忘"，忘记。⑪ 乐(yào)：乐于，喜欢。斯：此，这。謇謇：忠直敢言的样子。⑫ 光：发扬光大。⑬ 三五：指三王(夏禹、商汤、周文王)五霸(春秋时的齐桓公、晋文公、秦穆公、宋襄公、楚庄王)。像：榜样。⑭ 彭咸：传说是殷代的贤臣。仪：楷模。⑮ 极：目的地。至：达到。⑯ 远闻：名声流传久远。闻：名声。亏：减损。⑰ 善：指良好的品行。⑱ 虚作：凭空产生。⑲ 孰：谁。无施：不为他人做好事。施：给予。⑳ 实：果实，这里作动词，指结出果实。

少歌曰[①]：与美人抽思兮[②]，并日夜而无正[③]。侨吾以其美好兮，敖朕辞而不听[④]。

【注释】

① 少歌：古代乐歌的一种表现形式。其在音乐上的表现，疑是乐歌中间穿插的小合唱。在诗的结构中，它是前半篇的小结。② 美人：比喻楚王。抽思：见提示。③ 无正：得不到正确评判，无法辨清是非。④ 敖：通“傲”。朕：我。在秦始皇以前，一般人皆可以“朕”自称。

倡曰[①]：有鸟自南兮[②]，来集汉北[③]。好姱佳丽兮[④]，牉独处此异域[⑤]。既茕独而不群兮[⑥]，又无良媒在其侧[⑦]。道卓远而日忘兮[⑧]，愿自申而不得[⑨]。望北山而流涕兮[⑩]，临流水而太息[⑪]。望孟夏之短夜兮[⑫]，何晦明之若岁[⑬]？惟郢路之辽远兮[⑭]，魂一夕而九逝[⑮]。曾不知路之曲直兮[⑯]，南指月与列星。愿径逝而未得兮[⑰]，魂识路之营营[⑱]。何灵魂之信直兮[⑲]，人之心不与吾心同！理弱而媒不通兮[⑳]，尚不知余之从容[㉑]！

【注释】

① 倡：同“唱”，古代乐歌的表现形式之一，大致与今天的领唱相似。从诗的结构来看，这里另起一层意思，所以用“倡”辞来重新发端。② 鸟：屈原自比。南：指郢都。屈原此时迁在汉北，郢都在其南。③ 集：鸟栖于树。汉北：

汉水之北，即今湖北省襄阳市附近。④ 姱(kuā)：美好。⑤ 胖(pàn)：分，离。⑥ 茕(qióng)：孤独。不群：与群分开。⑦ 媒：媒介，比喻替自己向楚王说情的人。⑧ 卓：通"逴(chuō)"，与"远"同义。日忘：一天天被人忘掉。⑨ 申：申诉。⑩ 北山：疑指郢都附近的山。⑪ 临：面对着。太息：叹息。⑫ 孟夏：初夏，相当于农历四月。⑬ 晦：指黑夜。晦明，从天黑到天明。⑭ 郢路：去往郢都的路。⑮ 九：虚数，形容多次。逝：去，往。九逝，即多次往复。以下四句写"九逝"的情况。⑯ 曾不知：不曾知。⑰ 径逝：直接返回。⑱ 营营：往来忙碌的样子。⑲ 信直：直心眼。⑳ 理：媒人。媒：这里作动词，说合。㉑ 从(cóng)容：舒缓的样子，这里是自我宽心的意思。

乱曰①：长濑湍流②，溯江潭兮③。狂顾南行④，聊以娱心兮⑤。轸石崴嵬⑥，蹇吾愿兮⑦。超回志度⑧，行隐进兮⑨。低佪夷犹⑩，宿北姑兮⑪。烦冤瞀容⑫，实沛徂兮⑬。愁叹苦神⑭，灵遥思兮⑮。路远处幽⑯，又无行媒兮。道思作颂⑰，聊以自救兮⑱。忧心不遂⑲，斯言谁告兮⑳！

【注释】

① 乱：古代乐歌的尾声，从诗的结构看，它是全篇的结语。② 濑(lài)：流经沙石的浅水。湍(tuān)：水流得很急的样子。③ 溯(sù)：逆流而上。江：指汉水，在今湖北省境内，从西北向东南注入长江。潭：楚方言，深水。④ 狂

顾：急切地回顾。⑤ 聊：姑且。娱心：自慰的意思。⑥ 轸(zhěn)石：怪石。轸，通“紾”，扭曲。这里形容石头的奇形怪状。崴嵬(wēi wéi)：突兀不平的样子。⑦ 蹇：阻难。⑧ 超回志度：此句不详。一说，超：超越。回：回头。志度：思想意图。⑨ 行：前进。隐：停止不前。进：郭沫若认为是“难”字之误，疑近是。⑩ 低徊：流连难舍的样子。⑪ 北姑：地名，位置不详。从文义看，当在今湖北襄阳市西北的汉水沿岸。⑫ 烦冤：烦闷抑郁。瞀(mào)：昏乱。容：通“傛(yǒng)”，不安。⑬ 沛：水流很急的样子，这里形容行路急速。徂(cú)：往，指远行。⑭ 苦神：神思苦劳。⑮ 灵：心念。遥思：指思念郢都。⑯ 幽：指偏远的地区。⑰ 道思：一路上寻思。作颂：写作歌词，指写本诗。⑱ 自救：自己解脱痛苦的心情。救：解脱。⑲ 遂：顺畅。⑳ 斯言：这些话，指本诗中所述之言。

【翻译】

抑郁的心中充满忧思啊，
我独自长叹愈来愈伤感。
愁思纠结解也解不开啊，
又遇上漫漫长夜总也过不完。
悲叹那秋风中的景观正在改变啊，
为什么天地四方也像在浮动回旋？
常常想起楚王的易怒啊，
真使我愁苦伤心。
我本想不管不顾任性而行啊，
看到国人的苦难又只得镇定自忍。

我要把微末的心意结成言词啊，
把它献给敬爱的楚君。
当初君王真诚地和我说定，
把我们结合的佳期定在黄昏。
谁想你半路上翻悔啊，
反而又有了二意三心。
你总是对我耍骄傲啊，
总向我显示你多么美好。
跟我说的话全都不算啊，
为什么还找岔子发怒暴跳？
我想要找机会表白心迹啊，
又害怕又悲伤不敢多言。
可怜我犹豫不定盼着起用啊，
心中的伤痛犹如火燃。
我这里历述衷情向你陈诉啊，
君王却假装耳聋听而不闻。
诚实人从来不会奉承啊，
众小人果然把我视为祸根。
当初我陈述的道理明白而显著啊，
难道如今已经忘光？
为什么我偏偏喜欢多嘴啊？
只希望君王的美德能够发扬。
为君的要以三王、五霸作榜样啊，
做臣的也要把彭咸来崇尚。
只要坚持，什么目的不能达到啊？
唯其如此，才会名声远扬不受损伤。

优良的品德不由外来啊，
美好的名声不会从天而降；
谁能够不施予就得到报答啊，
谁能够不等结果就把收获来享？
少歌曰：
我向君王条条陈列纷乱的思绪啊，
从白天说到黑夜也得不到公正的评判。
他总以为自己尽善尽美啊，
如此傲慢根本不把我的话放在心间。
倡曰：
有一只鸟从南方飞来啊，
栖止在汉水北边的水乡。
它是非常的美丽啊，
却离群独处在异乡。
它孤孤单单已经失群啊，
又没有使它合群的媒介在身旁。
它在远方独处日渐被人遗忘啊，
想要申诉却不能如愿以偿。
遥望北山痛苦地流泪啊，
面对着江水叹息忧伤。
望着初夏那短短的黑夜啊，
为什么从黑夜到天明竟像一年那样长？
去郢都的路途多么遥远啊，
我的灵魂却在一夜间多次前往。
灵魂飞驰全不知路途曲直啊，
只能向南指着月亮星星识别方向。

想要一往直前却不可能啊，
我的灵魂整夜寻路碌碌奔忙。
可叹这灵魂是多么实诚啊，
竟不想别人的心思与咱不一样！
媒人笨拙说合不通啊，
也没人知道我自求宽解不慌不忙！

尾声：
岸边的浅水急急流过沙滩，
我正在汉江的深水中逆流北上啊。
急急回顾，忍不住向南走一程，
聊以舒解返回郢都的渴望啊。
回头路上怪石突兀，
回乡的愿望受到阻挡啊。
前进后退反复思量，
走也难、止也难心意彷徨啊。
流连不舍徘徊犹豫，
暂宿在北姑再做主张啊。
郁闷昏乱心中不安，
实在想快快地去往远方啊。
但我还是愁叹劳神，
心中仍把郢都遥想啊。
远离君王处于穷乡僻壤，
又无人替我把衷情诉上啊。
一路沉思写了这篇诗章，
聊以解脱心中的悲伤啊。
忧急之心终不顺畅，

我的这些话向谁去讲啊!

惜往日

本篇从内容上看,大概是屈原自沉汨罗前的绝命之辞。篇名取自篇中首句。诗中历述作者在政治上取得的成果,其后遭谗被逐,最终决心以身殉国,用“赴渊”的方式表示抗议。在屈原的辞作中,本篇表现的法治思想最为明确。作者追求“国富强而法立”,反对“背法度而心治”,在旧贵族专权的楚国,如此鲜明地标榜法治显然具有进步意义。诗中对楚国的腐朽政治有深刻的揭露,谴责矛头直指顷襄王,表现了强烈的批判倾向。

全诗语言质直,抒情和叙事都比较显露,与屈原的多数辞作在风格上有一些差别。因此有的研究者认为本诗不是屈原所作,这种看法可以作为参考,但总的来看理由尚不充分。现在根据汉代王逸的《楚辞章句》及多数研究者的意见,仍把本篇定为屈原所作。

惜往日之曾信兮,受命诏以昭时①。奉先功以照下兮②,明法度之嫌疑③。国富强而法立兮,属贞臣而日娭④。秘密事之载心兮⑤,虽过失犹弗治⑥。

【注释】

① 命诏:君主所下的诏令。诏时:使时世变得清明。

② 奉:遵奉。先功:楚国先王的功业。下:与“先功”相对,指后世。③ 嫌疑:指法令中模糊不清的部分。④ 属(zhǔ):托付。贞臣:忠贞之臣,这里是屈原自指。娭:同“嬉”,玩乐。⑤ 载心:放在心上。⑥ 治:追究。

心纯厖而不泄兮①,遭谗人而嫉之。君含怒而待臣兮②,不清澈其然否③。蔽晦君之聪明兮④,虚惑误又以欺⑤。弗参验以考实兮⑥,远迁臣而弗思⑦。信谗谀之溷浊兮⑧,盛气志而过之⑨。何贞臣之无罪兮,被离谤而见尤。

【注释】

① 纯:纯正。厖(páng):厚实。② 含:原作“舍”,因字形相近而误,据朱熹《楚辞集注》改。③ 清澈(chè):水澄清的样子,这里作动词,弄清楚。然否:是否如此。④ 蔽晦(huì):遮蔽以使之昏暗。聪:听觉灵。明:眼睛亮。⑤ 虚:指无中生有。惑:指以假乱真。⑥ 参验:比较各种情况来作检验。⑦ 迁:放逐。臣:屈原自指。⑧ 谀(yú):奉承,谄媚。溷(hùn)浊:这里指谗人的污浊丑恶。⑨ 盛气志:盛气凌人,大发脾气。过:罪过,这里作动词,加罪。

惭光景之诚信兮①,身幽隐而备之②。临沅湘之玄渊兮③,遂自忍而沈流④。卒没身而绝名兮⑤,惜壅君之不昭⑥。君无度而弗察兮⑦,使芳草为薮幽⑧。焉舒

情而抽信兮[9]，恬死亡而不聊[10]！ 独鄣壅而蔽隐兮[11]，使贞臣为无由[12]。

【注释】

① 光景：阳光。诚信：真诚守信。② 幽隐：深藏而不得露面。备：全，指阳光普照世人，虽幽隐者也不例外。③ 临：面对。玄渊：深渊。④ 自忍：忍心。沈：同“沉”。沈流，指投水而死。⑤ 卒：最终。没（mò）：指淹没。绝：断绝。⑥ 壅（yōng）君：受蒙蔽的君王，指楚顷襄王。昭：明白。⑦ 度：尺度，这里指衡量是非善恶的标准。⑧ 薮（sōu）幽：草泽深处。薮：长有很多草的沼泽。⑨ 焉：哪里。舒情：抒发感情。抽：抽绎，有条理地表述。信：真，指真实心意。⑩ 恬（tián）：安于。不聊：指不苟且求生。聊：且。⑪ 独：只是，只不过。鄣：同“障”。“障壅”、“蔽隐”都指楚王受谗人蒙蔽。⑫ 使：任用。无由：无从，不可能。

闻百里之为虏兮[1]，伊尹烹于庖厨[2]。 吕望屠于朝歌兮[3]，宁戚歌而饭牛[4]。 不逢汤武与桓缪兮[5]，世孰云而知之[6]？ 吴信谗而弗味兮[7]，子胥死而后忧[8]。 介子忠而立枯兮[9]，文君寤而追求[10]。 封介山而为之禁兮[11]，报大德之优游[12]；思久故之亲身兮[13]，因缟素而哭之[14]。

【注释】

① 百里：人名，即百里奚，春秋时秦国的谋臣。虏：俘

虏，奴隶。百里奚原是虞国大夫，晋国灭虞，百里奚被俘。晋献公把女儿嫁往秦国，百里奚作为陪嫁奴隶一起前往。百里奚逃走，被楚国人捉住。秦穆公听说百里奚贤能，以五张羊皮把他赎回，并加以重用。② 伊尹：商汤的贤相。传说他原是个奴隶，后来借助烹调说动商汤，成为辅汤灭夏的重要谋臣。庖(páo)厨：厨房。③ 吕望：即姜太公。传说他曾在殷都朝歌(今河南省淇县北)屠牛为生，后遇周文王，才被重用。④ 宁戚：春秋前期卫国人。传说他到齐国经商，夜里喂牛，看到齐桓公，就敲起牛角唱歌，感叹怀才不遇。齐桓公找他谈话后，就任用他为卿。饭：这里作动词，喂。⑤ 汤：商汤。武：周武王。按：吕望虽是被周文王任用的，但后来是他辅助周武王灭商，所以这里提出周武王。桓：齐桓公，"春秋五霸"之一。缪(mù)：通"穆"，指秦穆公，"春秋五霸"之一。⑥ 孰：谁。云：语助词。⑦ 吴：指吴王夫差，春秋后期吴国君主。信谗：指吴王夫差听信谗言逼死伍子胥。弗味：不加辨别的意思。味：玩味。⑧ 子胥：伍子胥，吴国的忠臣，因反对吴、越媾(gòu)和，被吴王夫差逼死。忧：指亡国之忧。伍子胥死后不久，吴国就被越国所灭。⑨ 介子：即介之推，春秋时晋国人，曾追随晋公子重耳在外流亡十九年。后重耳做了晋国国君(晋文公)，随从流亡的人都争功求赏，介之推耻于这样做，逃隐于绵山(今山西省介休市东南)。晋文公想起他的功劳，派人去找，找不到，便放火烧山，想逼他出来。结果介之推抱树被焚，至死没有出山。立枯：即指抱着树木被烧焦。⑩ 文君：晋文公，"春秋五霸"之一。寤(wù)：通"悟"，觉悟。追求：指追寻介之推。⑪ 封：赐给土地。介之推死后，晋文公把绵山下的一些田地封为介之推的祭田。介山：即绵山，因介之推的原因而号为“介山”。禁：封山，禁止人们上山打柴。⑫ 报：报答。大德：传说晋文公当初流亡到齐楚时，因没有吃的，介之推曾割下自己的大腿肉给他吃。这对晋文公来说，是重大的恩德。优游：宽广的样子。⑬ 久故：故旧，相交已久的人。亲身：和自己亲近。⑭ 缟（gǎo）素：白色的衣服，指丧服。

或忠信而死节兮，或訑谩而不疑①。弗省察而按实兮②，听谗人之虚辞。芳与泽其杂糅兮③，孰申旦而别之④？何芳草之早殀兮⑤，微霜降而下戒⑥。谅聪不明而蔽壅兮⑦，使谗谀而日得⑧。自前世之嫉贤兮，谓蕙若其不可佩⑨。妒佳冶之芬芳兮⑩，嫫母姣而自好⑪。虽有西施之美容兮⑫，谗妒入以自代⑬。

【注释】

① 訑谩（yí mán）：欺诈。② 省（xǐng）：与“察”同义。按实：审查实际情况。③ 芳：指香洁的东西。泽：通“袢（zé）”，汗衣，引申为污垢的意思。④ 申旦：很明白的样子。⑤ 殀：同“夭”，早死。⑥ 戒：警告。⑦ 谅：实在，的确。聪不明：即“不聪明”。⑧ 日得：一天比一天得志。⑨ 蕙：香草，与兰草同类，又名薰草、零陵香。若：杜若，香草，又名山姜。佩：佩带。⑩ 佳冶：美丽，这里指美人。⑪ 嫫（mó）母：传说中的古代丑妇。姣（jiāo）：美好，这里是卖弄风姿的意思。⑫ 西施：春秋时期越国的美人。⑬ 代：替代。

愿陈情以白行兮[①]，得罪过之不意。情冤见之日明兮[②]，如列宿之错置[③]。乘骐骥而驰骋兮[④]，无辔衔而自载[⑤]；乘泛泭以下流兮[⑥]，无舟楫而自备[⑦]。背法度而心治兮[⑧]，辟与此其无异[⑨]。宁溘死而流亡兮[⑩]，恐祸殃之有再。不毕辞而赴渊兮[⑪]，惜壅君之不识[⑫]！

【注释】

① 白行：表白自己的行为。② 情：实情。见：通“现”，显露。日明：一天比一天明显。③ 列宿(xiù)：众星。错：通“措”。措置，即罗列。④ 骐骥(qí jì)：骏马。⑤ 辔(pèi)：缰绳。衔：勒在马口中的青铜或铁，以便驾驭。载：设置。⑥ 泛：漂浮。泭(fú)：木筏。⑦ 楫(jí)：船桨。⑧ 心治：凭个人意志进行治理。⑨ 辟：通“譬”，比如。⑩ 宁：宁可。溘(kè)：忽然。流亡：这里指魂魄离散(参阅《离骚》“宁溘死以流亡”句注)。⑪ 赴渊：投水而死。⑫ 识：知道。

【翻译】

我痛惜以往曾被信任啊，
接受王命想使时世清明。
遵奉先王的功业以照耀后世啊，
把含糊的法令进一步廓清。
那时候国家富强法度严明啊，
国事托付给忠臣，君王欢乐又放心。
国家机密我谨记心头啊，
虽有失误君王也不加处分。
我的心地纯厚，从不把机密泄漏啊，

却遭到谗人的嫉妒。
君王对我满腔怒火啊，
也不把事情弄个清楚。
谗人们蒙蔽了君王的耳目啊，
他们是无中生有、以假乱真、连蒙带唬。
君王对谗言不加检验核实啊，
就把我远远放逐，再也不放在心上。
他听信了污浊的谗言和奉承啊，
满怀盛怒把罪过加在我身上。
忠贞之臣没有过错啊，
为什么遭到诽谤受罪遭殃？
惭愧那天日之光是多么真诚守信啊，
连我这埋没之人也受到它的光亮。
面对着沅水、湘水的深渊啊，
我就要忍心投到水中自沉。
终于淹没了我的身躯，断绝了我的声名啊，
可惜那被蒙蔽的君王仍在发昏。
君王无道不能明察善恶啊，
竟让芳草埋没在草泽深处美丑难分。
到哪里去抒发感情，说说心中的话啊，
我要安心去死也不苟且偷生！
只是君王还受着谗人的蒙蔽啊，
想任用忠臣却不可能。
听说百里奚当过奴隶啊，
伊尹也曾在厨中烹调。
吕望在朝歌宰牛为生啊，

宁戚喂牛唱歌把心意来表。
若不碰上商汤、周武、齐桓、秦穆啊，
世上有谁能把他们选挑？
吴王夫差轻信谗言不加详辨啊，
伍子胥死后就有亡国之忧。
介之推尽忠反被烧死啊，
因为晋文公醒悟以后硬要把他寻求。
把绵山之地封为禁区啊，
来报答介之推的恩德宽广无比；
思念故人曾是那样亲近啊，
因而身着白衣为他哭泣。
有的人忠诚却守节而死啊，
有的人欺诈而不被怀疑。
君王不经考察以了解实情啊，
只听信谗人的假话备受蒙蔽。
芳洁和污垢混杂在一起啊，
有谁能明明白白地区别同异？
为什么香草总是过早凋零啊，
微霜下降就该引起警惕。
君王实在耳目不明深受蒙蔽啊，
才使得谗佞之人一天比一天得意。
嫉贤妒能从来就有啊，
竟说蕙草和杜若不可佩带。
嫉妒美人的娇姿芬芳啊，
丑妇嫫母却装模作样自夸自卖。
虽有西施一般的美貌啊，

谗嫉之人也会挤进来把她取代。
我只想陈诉衷情把自己的行为表白啊，
遭受罪过完全出乎意料。
实情与冤枉一天比一天显得分明啊，
就像皎皎众星罗列在云霄。
想骑着骏马飞快地奔驰啊，
却不把缰绳和马勒来套；
想乘着木筏顺流而下啊，
却又不把划桨来备好。
违背了法度随心治理国家啊，
与此相比不差分毫。
宁可忽然死去而魂离魄散啊，
唯恐再一次把祸殃来遭。
没有把话讲完就投入深渊啊，
可惜那昏庸的君王永远也不会明了。

橘 颂

本篇从内容上看，应是屈原早年所作，篇名“橘颂”的意思是对橘树的赞颂。全篇托物咏志，通过对橘树形象的刻画，表现了诗人对高尚志趣的追求和不从流俗的坚贞性格。诗中一再称颂橘树“受命不迁”、“深固难徙”的特性，更是诗人忠于楚国、热爱乡土的深刻写照。

《橘颂》通篇运用比兴手法，对橘树的特征作了由表及里的生动表现，给人以美的感受；通过比喻来颂扬诗人所追求的理想、信念与情操，也有积极的历史意义。同时，从中国古代文学的发展来看，《橘颂》作为托物咏志的最早范例之一，也对后世的辞赋诗词创作有深远的影响。

后皇嘉树①，橘徕服兮。受命不迁②，生南国兮③。深固难徙④，更壹志兮⑤。

【注释】

① 后：后土，对地的尊称。皇：皇天，对天的尊称。② 受命：受天地之命。不迁：不能移植。传说橘树只长在南方，若移种到淮河之北就会变为枳（zhǐ），俗名“臭橘”。③ 南国：中国南方，泛指长江流域及其以南地区。④ 深固：根深蒂固。徙（xǐ）：迁移。⑤ 壹志：专一的意志。

绿叶素荣①，纷其可喜兮②。曾枝剡棘③，圆果抟兮④。青黄杂糅⑤，文章烂兮⑥。精色内白⑦，类可任兮⑧。纷缊宜修⑨，姱而不丑兮⑩。

【注释】

① 素荣：白花。荣：本指草类开的花，这里泛指花。② 纷：茂盛的样子。③ 曾枝：枝条累累。曾，通“增”，重叠。剡（yǎn）棘：指橘树枝上的尖刺。剡：尖利。棘：刺。④ 圆果：指橘子。抟（tuán）：圆圆的。⑤ 青黄杂糅（róu）：

指橘子有生有熟错杂在一起。⑥ 文章：纹理色彩，指橘皮的颜色。烂：有光彩，很鲜艳。⑦ 精色：指橘的外表色泽。内白：指橘的内瓤纯洁。⑧ 类：似。可任：可负重任。⑨ 纷缊(yūn)：香气浓郁。缊，通“氲”，即氤氲(yīn yūn)，指香气。宜修：修饰得体，恰到好处。⑩ 姱(kuā)：美好。不丑：意为出类拔萃，无比。丑：类，比。

嗟尔幼志[1]，有以异兮。独立不迁，岂不可喜兮。深固难徙，廓其无求兮[2]。苏世独立[3]，横而不流兮[4]。闭心自慎[5]，终不失过兮[6]。

【注释】

① 嗟(jiē)：赞叹词。尔：你，指橘。② 廓(kuò)：空阔广大，这里指心胸宽广。无求：没有庸俗的追求。③ 苏：醒。④ 横：横渡。流：随波逐流。⑤ 闭心：把事情藏在心里，不乱讲。自慎：自戒谨慎。⑥ 终不：原作“不终”，据朱熹《楚辞集注》改。失过：失之于过，做出过分的举动。

秉德无私[1]，参天地兮[2]。愿岁并谢[3]，与长友兮。淑离不淫[4]，梗其有理兮[5]。年岁虽少[6]，可师长兮[7]。行比伯夷[8]，置以为像兮[9]。

【注释】

① 秉(bǐng)：持有。② 参天地：精神上与天地相合(古

人认为天地是无私的)。参:合。③ 谢:去,过去。并谢,意思是自己的年岁和橘树的年岁一起往前过,等于说共同成长。④ 淑:善,指品质。离:通"丽",美丽,指外貌。⑤ 梗(gěng):梗直,强硬。理:纹理,比喻道理。⑥ 年岁虽少:橘树是常绿灌木或小乔木,比松柏等树的生长时间短,所以说它年少。⑦ 师、长(zhǎng):这里都是动词,意思是可以为师,可以为长。⑧ 行:品行。伯夷:殷周之交的人,他与弟弟叔齐反对周武王灭殷,因耻食周粮而饿死在首阳山。诗人认为橘树有"不迁"、"难徙"的特性,可与伯夷的行为相比。⑨ 置:设,立。像:榜样。

【翻译】

橘树是天地所生的善美之树,
你一来就适应了这里的水土啊。
你天生于此不可移植他处,
只在南方扎根长住啊。
你因为根深蒂固难以迁徙,
更因为意志专一而坚定不移啊。
你有绿的叶,白的花,
茂盛的花叶真是可喜啊,
枝条累累长着尖刺,
丰满的果实圆得可爱啊。
青果与黄果交错陈列,
那纹理皮色多有光彩啊。
你外表精洁内心纯白,

像一位君子能把重任负起啊。
你香气四溢修饰得体，
美好的形象无与伦比啊。
赞叹你年少时的志趣，
向来就与众人有异啊。
独立处世坚定不移，
这样的品行怎不叫人欢喜啊。
你根深蒂固决不迁就，
胸怀宽广没有庸俗的追求啊。
你清醒地独立于世，
敢于逆风横渡，不肯随波逐流啊。
你守口如瓶谨慎自戒，
始终没有过分的举动啊。
坚持美德毫无私心，
你的精神与天地相通啊。
我愿与你共经岁月一起成长，
结成良友情谊深长啊。
你的品质外貌都尽善尽美，
秉性梗直而通情达理啊。
你虽然青春年少，
却可为师表，可作兄长啊。
你的品行比得上义士伯夷，
我一定要把你立为榜样啊。

九　辩

本篇为宋玉所作。宋玉，战国末期楚人，生卒年不详，是屈原以后的重要楚辞作家，在文学创作上也直接受到屈原的影响。宋玉的作品，据《汉书·艺文志》说共有十二篇，但只有本篇被多数研究者认为是宋玉所作。

本篇篇名“九辩”，原是流传在楚地的古乐曲名称，作者只是借它的题来写诗歌。本篇是一首长篇抒情诗，作者在诗中反复强调自己忠而有才，但却不被楚王了解，更受到奸谗的排挤，表现了“失职贫士”怀才不遇的怨叹和悲愁。诗中虽没有屈原那种“存君兴国”的政治理想，也没有屈原那种对黑暗势力的强烈抗争精神，但对楚王和谗人的揭露都比较鲜明而尖锐，能使人看到当时楚国社会的黑暗和贵族统治集团的腐朽。在作者大量抒写的个人失意和悲愁中，也交织着对楚国命运的关心；又因为他的抒情大致是以实际的遭遇为基础，所以显得情真词切，很有感人的力量。

《九辩》在抒情诗的艺术手法上有较大的开拓。它主要通过对自然景物的描写，以情景交融的手法，在一种特定氛围中，展示自己的情怀。全诗表现了对深秋典型景物的敏锐感受和把握，以秋景、秋物、秋声、秋容为衬托，把萧瑟凄凉的秋气与自己悲愁幽怨的感情交织在一起，大大增强了诗歌的感染作用，使抒情主题得到了完满的表现。《九辩》在语言上仍保持了楚辞的特色，词藻丰富，描写细腻；在句法上，长短结构多有变化，语气词“兮”的位置也一再变换，这都使诗歌的语言和节奏显得相当灵活并富有表现力。

悲哉秋之为气也①！萧瑟兮②，草木摇落而变衰。憭栗兮③，若在远行；登山临水兮，送将归。泬寥兮④，天高而气清；寂漻兮⑤，收潦而水清⑥。憯凄增欷兮⑦，薄寒之中人⑧；怆怳圹悢兮⑨，去故而就新⑩。坎廪兮⑪，贫士失职而志不平。廓落兮⑫，羁旅而无友生⑬。惆怅兮，而私自怜。燕翩翩其辞归兮⑭，蝉寂漠而无声⑮。雁廱廱而南游兮⑯，鹍鸡啁哳而悲鸣⑰。独申旦而不寐兮⑱，哀蟋蟀之宵征⑲。时亹亹而过中兮⑳，蹇淹留而无成㉑。

【注释】

① 气：古人认为是一种充塞于宇宙的物质；而在秋天，则是一种肃杀之气，所以作者感叹其悲凉。② 萧瑟：寂寞萧条的样子。③ 憭栗（liáo lì）：凄凉。④ 泬寥（xuè liáo）：空旷而清朗的样子。⑤ 漻：通“漻（liáo）”。寂漻，平

静而清澈的样子。⑥ 潦(lǎo):积水,这里指泛滥的水。收潦:泛滥的水归入河道。⑦ 憯:同"惨"。欷(xī):叹息声。增欷:加重叹息。⑧ 中(zhòng):动词。侵袭。⑨ 怆(chuàng)怳:失意、惆怅的样子。圹悢(kuàng lǎng):与"怆怳"同义。⑩ 去:离开。就:到。⑪ 坎廪(lǎn):困顿,不得志。⑫ 廓落:孤独空虚的样子。⑬ 羁(jī)旅:作客他乡。友生:朋友。⑭ 翩(piān)翩:飞得轻快的样子。辞归:指燕子秋天飞回南方。⑮ 寂漠:通"寂寞",清静无声。⑯ 廱(yōng)廱:通"雍雍",形容鸣声和谐。⑰ 鹍(kūn)鸡:古书上说的一种像鹤的鸟。啁哳(zhāo zhā):形容声音杂乱细碎。⑱ 申旦:达旦,直到天亮。不寐(mèi):睡不着。⑲ 宵征:夜行,指蟋蟀在夜间活动时振翅发声。⑳ 亹(wěi)亹:行进不停的样子。过中:过了中年。㉑ 蹇(jiǎn):通"謇",楚方言,发语词。淹留:久留。

悲忧穷戚兮独处廓①,有美一人兮心不绎②。去乡离家兮徕远客③;超逍遥兮今焉薄④?专思君兮不可化⑤,君不知兮其奈何⑥!蓄怨兮积思,心烦憺兮忘食事⑦。愿一见兮道余意⑧,君之心兮与余异。车既驾兮朅而归⑨,不得见兮心伤悲。倚结軨兮长太息⑩,涕潺湲兮下沾轼⑪。忼慨绝兮不得⑫,中瞀乱兮迷惑⑬。私自怜兮何极⑭,心怦怦兮谅直⑮!

【注释】

① 戚:通"蹙(cù)"。穷蹙,陷于困境,无路可走。廓:

空虚。② 有美一人：作者自比。绎："怿（yì）"的假借字，喜悦。③ 徕：同"来"。远：远方，指楚都。客：动词，作客。④ 超：远。逍遥：这里指游荡无依的样子。焉：疑问代词，何，哪里。薄：到。⑤ 专：一心一意。君：指楚顷襄王。化：改变。⑥ 其：句中助词。⑦ 憺（dàn）：通"惮"，惊悸。⑧ 一见：指见一见君王。⑨ 朅（qiè）：离去。⑩ 倚：靠着。軨（líng）：车栏。古代车厢前面和左右两面都有栏木，横直交结，所以叫结軨。⑪ 涕：泪。潺湲（chán yuán）：水流不断的样子，这里形容泪流不止。沾：沾湿。轼（shì）：古代车厢前面供人凭倚的横木。⑫ 忼：同"慷"。慷慨，这里是激愤的意思。绝：断。⑬ 瞀（mào）：昏乱。⑭ 极：终了。⑮ 怦（pēng）怦：形容心跳。谅直：诚实正直。

皇天平分四时兮①，窃独悲此廪秋②。白露既下百草兮③，奄离披此梧楸④。去白日之昭昭兮⑤，袭长夜之悠悠⑥。离芳蔼之方壮兮⑦，余萎约而悲愁⑧。秋既先戒以白露兮⑨，冬又申之以严霜⑩。收恢台之孟夏兮⑪，然欿傺而沈藏⑫。叶菸邑而无色兮⑬，枝烦挐而交横⑭。颜淫溢而将罢兮⑮，柯仿佛而萎黄⑯。萷櫹椮之可哀兮⑰，形销铄而淤伤⑱。惟其纷糅而将落兮⑲，恨其失时而无当⑳。揽騑辔而下节兮㉑，聊逍遥以相佯㉒。岁忽忽而遒尽兮㉓，恐余寿之弗将㉔。悼余生之不时兮㉕，逢此世之俇攘㉖。澹容与而独倚兮㉗，蟋蟀鸣此西堂。心怵惕而震荡兮㉘，何所忧之多方㉙。卬明月而太息兮㉚，步列星而极明㉛。

【注释】

① 四时：四季。② 窃：暗自。廪(lǐn)：通“凛”，寒冷。③ 白露：专指秋天的露水。④ 奄(yǎn)：忽然。离披：分散的样子，指树木枝疏叶落。梧：梧桐。楸(qiū)：树名，落叶乔木，树干高直。梧桐和楸树都易早凋。⑤ 昭昭：光明的样子。⑥ 袭：承，继。悠悠：漫长的样子。⑦ 蔼(ǎi)：繁盛的样子。方壮：正当壮盛之年。⑧ 余：我。萎：枯萎。约：拘束。⑨ 戒：警戒。⑩ 申：加上。⑪ 恢：广大。恢台：生机繁盛的样子。台：通“胎”，象征物类富有生机。孟夏：初夏。⑫ 然：乃，就。欿：同“坎”，这里用作动词，沉陷。傺(chì)：住，止。沈：同“沉”。⑬ 菸(yū)邑：枯萎的样子。无色：没有鲜亮的色泽。⑭ 烦挐(rú)：纷乱。交横：纵横交错。⑮ 颜淫溢：指植物的外形因过度成熟而变形。淫溢：过分，过度。罢：通“疲”，指植物生长将至精疲力尽的阶段。⑯ 柯：树枝。仿佛：这里是色泽暗淡的意思。萎黄：枯黄。⑰ 萷(xiāo)：疏秃的样子。橚槮(xiāo sēn)：树木高耸的样子。⑱ 销铄(shuò)：销熔，这里指树木受到损毁。淤(yū)伤：受伤而败血淤积，这里指树木病残。⑲ 惟：思。其：指树木。纷糅(róu)：众多而错杂的样子。⑳ 恨：憾，遗憾。失时：失去了壮盛之时。无当：没有好的遭际。㉑ 揽：总持。骓(fēi)：古代驾车拉边套的马，这里是一般地指驾车的马。辔(pèi)：缰绳。下节：停车。节：度，这里指行车速度。㉒ 聊：暂且。逍遥：优游自得的样子。相佯：通“徜徉(cháng yáng)”，徘徊。㉓ 岁：年岁。忽忽：很快的样子。遒(qiú)：迫近。㉔ 寿：寿命。将：长。㉕ 悼：悲伤。不时：

没有遇上好的时世。㉖ 恇攘(kuāng rǎng)：纷扰不宁的样子。㉗ 澹：同“淡”，指心情淡漠。容与：闲散的样子。倚：靠。㉘ 怵(chù)惕：忧惧。㉙ 多方：多端。㉚ 卬(yǎng)：通“仰”，仰望。㉛ 步：动词，徘徊。列星：众星。极：至。明：天亮。

窃悲夫蕙华之曾敷兮①，纷旖旎乎都房②。何曾华之无实兮③，从风雨而飞飏。以为君独服此蕙兮④，羌无以异于众芳⑤。闵奇思之不通兮⑥，将去君而高翔⑦。心闵怜之惨凄兮，愿一见而有明⑧。重无怨而生离兮⑨，中结轸而增伤⑩。岂不郁陶而思君兮⑪，君之门以九重⑫。猛犬狺狺而迎吠兮⑬，关梁闭而不通⑭。皇天淫溢而秋霖兮⑮，后土何时而得漧⑯。块独守此无泽兮⑰，仰浮云而永叹⑱。

【注释】

① 蕙华：蕙草的花。敷(fū)：开放。② 旖旎(yǐ nǐ)：茂美的样子。乎：于。都：华丽。③ 曾华：花朵累累。曾，通“层”。实：果实。④ 服：佩带。⑤ 众芳：一般的花草。⑥ 闵：通“悯”，怜惜。奇思：出众的思想。⑦ 翔：飞。⑧ 有明：有所表述，以明心迹。⑨ 重：动词，看重。无怨：意思是行为无可埋怨。生离：意思是被抛弃。⑩ 轸(zhěn)：通“紾”，心头扭结，悲痛。⑪ 郁陶：忧思郁结的样子。⑫ 九重：九重大门，这里是强调君王难以见到。⑬ 狺(yín)狺：犬吠声。⑭ 关：门关。梁：桥梁。⑮ 淫溢：过度，这里指下

雨过多。霖（lín）：久下不停的雨。⑯ 后土：大地。漧：同“干”。⑰ 块：块然，孤独的样子。无：通“芜”，荒芜。泽：聚水的洼地。⑱ 永叹：长叹。

何时俗之工巧兮①，背绳墨而改错②！ 却骐骥而不乘兮③，策驽骀而取路④。 当世岂无骐骥兮？ 诚莫之能善御⑤。 见执辔者非其人兮⑥，故駶跳而远去⑦。 凫雁皆唼夫粱藻兮⑧，凤愈飘翔而高举⑨。 圜凿而方枘兮⑩，吾固知其钼铻而难入⑪。 众鸟皆有所登栖兮⑫，凤独遑遑而无所集⑬。 愿衔枚而无言兮⑭，尝被君之渥洽⑮。 太公九十乃显荣兮⑯，诚未遇其匹合⑰。 谓骐骥兮安归⑱？ 谓凤皇兮安栖⑲？ 变古易俗兮世衰⑳，今之相者兮举肥㉑。 骐骥伏匿而不见兮㉒，凤皇高飞而不下。 鸟兽犹知怀德兮，何云贤士之不处㉓？ 骥不骤进而求服兮㉔，凤亦不贪餧而妄食㉕。 君弃远而不察兮㉖，虽愿忠其焉得？ 欲寂漠而绝端兮㉗，窃不敢忘初之厚德㉘。 独悲愁其伤人兮，冯郁郁其何极㉙！ 霜露惨凄而交下兮㉚，心尚幸其弗济㉛。 霰雪雰糅其增加兮㉜，乃知遭命之将至㉝。 愿徼幸而有待兮㉞，泊莽莽与野草同死㉟。 愿自直而径往兮㊱，路壅绝而不通㊲。 欲循道而平驱兮㊳，又未知其所从㊴。 然中路而迷惑兮㊵，自压桉而学诵㊶。 性愚陋以褊浅兮㊷，信未达乎从容㊸。

【注释】

① 时俗：当时的社会风气。工巧：善于投机取巧。

②背：背弃。绳墨：木匠用的墨斗、墨线，是定直线的工具，这里比喻正道。错：通“措”，指正常的措施。③却：拒绝。骐骥（qí jì）：骏马，比喻贤能的人。④策：马鞭，这里是动词，用鞭赶马。驽骀（nú tái）：劣马，比喻庸劣的人。取路：赶路。⑤御：驾驭。⑥执辔者：拿着缰绳的人，即驾车者。⑦跼（jú）跳：跳跃。⑧凫（fú）：野鸭。唼（shà）：水鸟或鱼类吞食东西。粱：粟米。藻：水草。⑨高举：高高飞起。⑩圜凿（záo）：圆的插孔。圜，同“圆”。方枘（ruì）：方的榫（sǔn）头。⑪钼铻（jǔ yǔ）：同“龃龉”，互相抵触，彼此不合。⑫众鸟：比喻庸人。登：鸟升于树。栖：鸟类歇宿。⑬凤：凤凰，比喻贤士。遑（huáng）遑：匆忙不安的样子。无所集：无栖身之处。集：栖止。⑭衔枚：古代行军为了保密，常令士卒口衔一根木制短筷似的东西，以防说话。这里是闭口不言的意思。⑮被：蒙受。渥洽（wò qià）：深厚的恩泽。⑯太公：姜太公，姜尚。相传姜尚年九十而后富贵。⑰匹：配。⑱安归：归于何处。⑲安栖：栖于何处。⑳易：改变。㉑相者：相马的人。举肥：只挑选肥马。㉒伏匿（nì）：隐藏。㉓云：说，这里是责怪的意思。不处：不留。㉔骤：急速。服：用。㉕餧：同“喂”。妄：胡乱。㉖弃远：弃而远之。察：辨。㉗寂漠：通“寂寞”。绝：断。端：头绪。㉘初：当初。㉙冯郁郁：充满愁闷的样子。冯：通“凭”，楚方言，满。何极：哪里才是尽头。㉚霜露：比喻诬陷，迫害。㉛幸：希望。济：成功。㉜霰（xiàn）：雪珠，是水蒸气在高空遇冷而凝成的小冰粒，往往在下雪以前降落，所以这里“霰雪”连称。这里比喻比“霜露”更大的迫害。雰（fēn）：雪下得很大的样子。糅（róu）：混杂。㉝遭命：所要遭遇的

命运。㉞ 儌幸:同“侥幸”。㉟ 泊莽莽:置身于荒野的样子。㊱ 自直:自己去辩明曲直。径往:直接去见。按,此句原作“愿自往而径游兮”,据朱熹《楚辞集注》改。㊲ 壅(yōng):阻塞。㊳ 循道:遵循大道。平驱:平稳地驱驰。㊴ 从:由。㊵ 然:乃。中路:半路上。㊶ 自压桉:自我克制。桉:通“按”。学诵:指学《诗经》中的诗。古人认为《诗经》是温柔敦厚的,所以宋玉说为了自我克制,达到心平气和,而要学《诗经》。㊷ 性:本性。陋:视野不广,缺乏见识。褊(biǎn):狭隘。㊸ 信:真,实际上。从容:舒缓的样子。

窃美申包胥之气盛兮①,恐时世之不固②。何时俗之工巧兮,灭规矩而改凿③。独耿介而不随兮④,愿慕先圣之遗教⑤。处浊世而显荣兮,非余心之所乐。与其无义而有名兮,宁穷处而守高⑥。食不媮而为饱兮⑦,衣不苟而为温⑧。窃慕诗人之遗风兮⑨,愿托志乎素餐⑩。蹇充倔而无端兮⑪,泊莽莽而无垠⑫。无衣裘以御冬兮⑬,恐溘死不得见乎阳春⑭。

【注释】

① 美:动词,赞美。申包胥:春秋时楚国大夫,楚昭王十年,吴国攻楚,破郢都。申包胥求救于秦国,站在秦廷上哭了七天七夜,终于感动了秦哀公,出兵救楚。这里引用申包胥故事,是着眼于他敢于直接去找一个大国的君主提要求,与上文“愿自直而径往”相应,不牵涉楚国与别国的关系。② 固:应作“同”,因字形相近而误。③ 规:画圆形的

仪器。矩:画方形的仪器。改凿(záo):即不按照规矩而胡乱打眼。凿:动词,给器物打眼。④ 耿介:正直。不随:不肯随从流俗。⑤ 慕:仰慕,取法。先圣:前代圣贤。⑥ 穷处:处于困境。守高:保持高节。⑦ 媮:同“偷”,苟且。⑧ 衣:动词,穿衣。⑨ 诗人:专指《诗经》各篇的作者。遗风:遗留的崇高风格。⑩ 素餐:疑应作“素飡(sūn)”。“飡”与上下文“温”、“垠”、“春”押韵。素飡,出于《诗经·魏风·伐檀》篇“彼君子兮,不素飡兮”(“素餐”亦出于此篇)。这有多种解释,其中之一认为此二句是讽刺贵族统治者生活奢侈,不吃朴素的饭食。宋玉在这里就是把“素飡”理解为朴素的饭食,从而表示他要和“诗人”一样来鄙视贵族统治者的奢侈,情愿在俭朴的生活中寄托自己的志节。这一句是和上文“食不媮”二句紧密呼应的。⑪ 蹇(jiǎn):通“謇”,楚方言,发语词。充:充塞,满。倔:通“屈”,委屈。无端:没完没了。⑫ 泊莽莽:置身于荒野的样子。垠(yín):边,尽头。⑬ 裘:皮衣。⑭ 溘(kè)死:忽然死去。阳春:温暖的春天。

靓杪秋之遥夜兮①,心缭悷而有哀②。春秋逴逴而日高兮③,然惆怅而自悲。四时递来而卒岁兮④,阴阳不可与俪偕⑤。白日晼晚其将入兮⑥,明月销铄而减毁⑦。岁忽忽而遒尽兮⑧,老冉冉而愈弛⑨。心摇悦而日幸兮⑩,然怊怅而无冀⑪。中憯恻之凄怆兮⑫,长太息而增欷⑬。年洋洋以日往兮⑭,老嵺廓而无处⑮。事亹亹而觊进兮⑯,蹇淹留而踌躇⑰。

【注释】

① 靓(jìng):通“静”。杪(miǎo)秋:秋末。杪:树木的末梢。② 缭悷(liáo lì):缠绕曲折。③ 春秋:指年岁。逴(chuò)逴:远远的样子,指过去的年头都显得很远。日高:指年岁一天比一天高。④ 递来:一个接着一个而来。卒岁:过完一年。⑤ 阴阳:古人认为阴阳二气交替消长形成四季,这里指寒往暑来的变化。俪、偕:都是并的意思,指同在一起。⑥ 晼(wǎn)晚:太阳将下山的光景。入:日落。⑦ 销铄:这里是损蚀的意思,指月缺。⑧ 遒(qiú):临近,迫近。⑨ 冉冉:渐渐。弛(chí):松懈。⑩ 摇悦:心动而喜。日幸:天天抱着侥幸的想法。⑪ 怊(chāo)怅:惆怅。冀(jì):希望。⑫ 憯恻(cǎn cè)、凄怆:都是悲伤的意思。⑬ 太息:叹息。欷(xī):指欷歔(xū),哀痛时发出的急促呼吸声。⑭ 年:指时光。洋洋:广大的样子。⑮ 寥(liáo)廓:通“寥廓”,空虚的样子。处:居处。⑯ 事:指国事。亹(wěi)亹:这里是不停变化发展的意思。觊(jì):企图。进:进取。⑰ 淹留:久留。踌躇(chóu chú):犹豫不决。

何泛滥之浮云兮①,猋壅蔽此明月②? 忠昭昭而愿见兮③,然露曀而莫达④。愿皓日之显行兮⑤,云蒙蒙而蔽之⑥。窃不自料而愿忠兮⑦,或黕点而污之⑧。尧舜之抗行兮⑨,瞭冥冥而薄天⑩。何险巇之嫉妒兮⑪,被以不慈之伪名⑫? 彼日月之照明兮,尚黯黮而有瑕⑬。何况一国之事兮⑭,亦多端而胶加⑮。

【注释】

①泛滥：这里指浮云布满天空。浮云：比喻谗人。②猋(biāo)：狗奔跑得很快的样子，这里形容浮云飘动。壅：阻塞。③昭昭：明亮的样子。见：同“现”，显现。④雺(yīn)：乌云蔽日。雺曀(yì)：指天色昏暗的样子。莫：不。⑤皓日：光明的太阳，比喻君主。显行：显赫地运行，比喻君主明察一切。⑥蒙蒙：云气迷蒙的样子。⑦料：估量。原作“聊”，据朱熹《楚辞集注》改。⑧黕(dǎn)：污垢。点：动词。玷污，污辱。⑨尧舜：唐尧、虞舜，传说中上古圣君。抗行：高尚的行为。⑩瞭冥冥：高远的样子。薄：迫近。⑪险巇(xī)：艰险，这里指险恶的人。⑫被：加在身上。伪名：捏造的恶名。⑬尚：尚且。黯黮(àn dǎn)：昏暗的样子。瑕(xiá)：玉上的斑点，比喻缺点。⑭一国：一个诸侯国，指楚国，相对于唐尧、虞舜为全中国的君主而言。⑮多端：头绪繁多。胶加：纠缠不清。

被荷裯之晏晏兮①，然潢洋而不可带②。既骄美而伐武兮③，负左右之耿介④。憎愠惀之修美兮⑤，好夫人之慷慨⑥。众踥蹀而日进兮⑦，美超远而逾迈⑧。农夫辍耕而容与兮⑨，恐田野之芜秽⑩。事绵绵而多私兮⑪，窃悼后之危败。世雷同而炫曜兮⑫，何毁誉之昧昧⑬！今修饰而窥镜兮⑭，后尚可以窜藏⑮。愿寄言夫流星兮⑯，羌倏忽而难当⑰。卒壅蔽此浮云兮⑱，下暗漠而无光⑲。尧舜皆有所举任兮⑳，故高枕而自适㉑。谅无怨于天下兮㉒，心焉取此怵惕㉓？乘骐骥之浏浏兮[24]，驭安用夫强策[25]。谅城郭之不足恃兮[26]，虽重介之何益[27]？遭翼翼而无终兮[28]，忳惛惛而愁约[29]。生天地之若过兮，功不成而无效。愿沈滞而不见兮[30]，尚欲布名乎天下[31]。然潢洋而不遇兮[32]，直怐愗而自苦[33]。莽洋洋而无极兮[34]，忽翱翔之焉薄[35]？国有骥而不知乘兮[36]，焉皇皇而更索[37]？宁戚讴于车下兮[38]，桓公闻而知之[39]。无伯乐之善相兮[40]，今谁使乎誉之[41]？罔流涕以聊虑兮[42]，惟著意而得之[43]。纷纯纯之愿忠兮[44]，妒被离而鄣之[45]。

【注释】

① 裯(dāo)："祇(dī)裯"的简称，短衣。晏晏：轻柔的样子。② 潢(huàng)洋：空荡荡的样子，这里形容衣服不合身。带：动词，系上带子。③ 骄美：自骄其美。伐武：自夸其勇。④ 负：恃，倚仗。左右：指近臣。⑤ 愠惀(wěn lǔn)：心地诚实而不善于言词的样子。修：与"美"同义，指美德。⑥ 好(hào)：喜爱。夫：指示代词，彼。慷慨：这里指善于发表激昂动听的言词。⑦ 众：指谗人。踥蹀(qiè dié)：小步行走的样子。⑧ 美：指贤人。超：与"远"同义。逾迈：远行。⑨ 辍(chuò)：停止。容与：闲散的样子。⑩ 芜秽：长满乱草。⑪ 绵绵：久远的样子。⑫ 雷同：人云亦云，彼此相同。炫曜(xuàn yào)：本指日光强烈，引申为目光迷乱，不辨是非。⑬ 毁：说人坏话。誉：赞美。昧(mèi)昧：昏暗的样子。⑭ 修饰：以修饰容貌比喻克服缺点。窥镜：以看镜比喻自己找出毛病。⑮ 窜藏：这里是逃过危难，得以保全的意思。窜：逃。⑯ 寄言：托人传送言词。⑰ 倏(shū)忽：

快速的样子。当：值，遇上。⑱ 卒：终于。⑲ 暗漠：昏暗的样子。⑳ 举任：选拔，任用。㉑ 高枕：高枕无忧。自适：自身安逸。㉒ 谅：确实。㉓ 怵惕（chù tì）：恐惧警惕。㉔ 浏（liú）浏：水流的样子，这里是顺溜的意思。㉕ 驭：驾驭。强策：强硬有力的鞭策。㉖ 郭：外城。恃：依靠，依仗。㉗ 介：甲，盔甲。㉘ 邅（zhān）翼翼：不敢冒进，小心翼翼的样子。无终：没有结果。㉙ 忳（tún）惛（mèn）惛：忧郁烦闷的样子。愁约：穷愁潦倒。约：穷困。㉚ 沈滞（zhì）：沉抑不伸，埋没。见：同“现”。㉛ 布名：扬名。㉜ 潢（huàng）洋：空荡荡的样子，这里是没着落的意思。㉝ 直：简直是。怐愗（kòu mào）：愚昧。㉞ 莽洋洋：荒野辽阔的样子。㉟ 翱（áo）翔：鸟回旋飞翔。薄：到，止。㊱ 骥：骏马。㊲ 皇皇：通“遑遑”，匆忙不安的样子。索：寻求。㊳ 宁戚：春秋时卫国人，传说他经商于齐，夜间喂牛，望见齐桓公，就敲着牛角唱歌，自叹怀才不遇。桓公找他谈话后，用他为卿。讴：唱歌。㊴ 桓公：齐桓公，春秋前期齐国国君，曾称霸于诸侯。㊵ 伯乐：人名，以善于相马著称。相（xiàng）：指识别好坏。㊶ 誉：称颂。㊷ 罔：通“惘”，怅惘，即失意的样子。虑：思考。㊸ 著意：很用心。著：同“着”。㊹ 纷纯纯：很诚挚的样子。㊺ 被离：通“披离”，纷乱的样子。鄣：同“障”，阻碍。

愿赐不肖之躯而别离兮[①]，放游志乎云中[②]。乘精气之抟抟兮[③]，骛诸神之湛湛[④]。骖白霓之习习兮[⑤]，历群灵之丰丰[⑥]。左朱雀之茇茇兮[⑦]，右苍龙之躣躣[⑧]。属雷师之阗阗兮[⑨]，通飞廉之衙衙[⑩]。前轻辌之

锵锵兮[11]，后辎乘之从从[12]。载云旗之委蛇兮[13]，扈屯骑之容容[14]。计专专之不可化兮[15]，愿遂推而为臧[16]。赖皇天之厚德兮[17]，还及君之无恙[18]。

【注释】

① 不肖：不贤。② 志：意志。③ 精气：古代指充塞于自然的元气。抟(tuán)抟：聚而成团的样子。④ 骛(wù)：追求，追随。湛(zhàn)湛：浓厚的样子。⑤ 骖(cān)：古代驾在车前两侧的马。这里作动词，意思是两侧驾以白霓。霓(ní)：副虹。习习：飞动的样子。⑥ 历：经过。群灵：指群星之神。丰丰：众多的样子。⑦ 朱雀：星座名，为南方七宿的总称。茇(pèi)茇：飞舞翻动的样子。⑧ 苍龙：星座名，为东方七宿的总称。躣(qú)躣：行进的样子。⑨ 属(zhǔ)：连接，跟随。阗(tián)阗：鼓声，比喻雷声。⑩ 通：开路。飞廉：神话中的风神。衙(yú)衙：行进的样子。⑪ 轻：原作"轾"，据朱熹《楚辞集注》改。辌(liáng)：古代一种卧车。锵(qiāng)锵：象声词，指车铃声。⑫ 辎乘(zī shèng)：辎重车。从(cōng)从：与下文"容容"为互文，都是从容的意思，指跟得不紧不慢。⑬ 载：带着。云旗：以云为旗。委蛇(wēi yí)：卷曲而延伸的样子。⑭ 扈(hù)：扈从，侍从。屯骑：聚集的车骑。⑮ 计：心意。专专：专一、执著的样子。⑯ 遂：终于。推：推广。臧(zāng)：善，好。⑰ 赖：依赖，仰仗。⑱ 恙(yàng)：疾病。

【翻译】

悲凉啊，

这秋天之气多么悲凉！
萧条啊，
草木凋零变衰在风中摇晃。
凄怆啊，
好像旅人在远行；
又似登山临水啊，
送人归去我心伤。
空旷啊，
天宇高远空气清朗；
平静啊，
泛滥的水归入江河清清流淌。
心里悲伤连连叹息啊，
秋寒袭人分外凄凉；
失意怅惘啊，
离开故土去往新的地方。
穷困坎坷啊，
贫士失职心中不平。
孤独空虚啊，
寄居他乡没有亲朋。
寂寞惆怅啊，
只能自怜自叹在空庭。
燕子轻快地回归啊，
寒蝉寂静无声。
大雁和鸣向南飞啊，
鹍鸡嘈杂竟放悲声。
孤独不眠直到天亮啊，

蟋蟀夜鸣使人伤情。
时光流逝已过中年啊，
久留在外却一事无成。
心情悲忧陷于困境啊，
孤独的处境多么空虚。
有一个美好的人啊，
心中不欢愉。
离别家乡啊，
来到楚都作客旅居；
身在远方游荡无依啊，
如今再往何处去？
专诚地思念君主啊，
这种心意永不变；
君主却不了解啊，
无可奈何不知怎么办。
怨恨蓄在胸中啊，
忧思也积满；
心里烦躁惊恐啊，
不想做事和吃饭。
想和君王见一面啊，
说说我的心头愿；
谁知君王的心意啊，
和我不一般。
车已驾好啊，
离开这里回家园。
没法见到君王啊，

心中伤悲有苦难言，
身子靠着车栏啊，
一声声长叹；
流泪不止啊，
沾湿了车上的扶手板。
激愤之下想和楚王断绝啊，
却又做不到，欲断还相连。
心中昏乱啊，
迷惑不清进退两难。
私自伤感啊，
何时有个完？
心跳激动啊，
皆因自信诚实，宁折不弯！
皇天把一年平分为四季啊，
我暗自悲伤这寒凉的秋天。
白露已降落到百草之上啊，
忽然又使梧桐和楸树枝叶凋残。
离开了光明的白天啊，
继而又进长夜漫漫。
离开了芳美繁盛的壮年啊，
我已感到心灵萎缩悲伤愁烦。
寒秋已用白露发出警告啊，
冬天还要加上严霜。
收走了初夏那繁盛的生机啊，
却使它潜沉、止息而埋藏。
叶子枯萎而无色泽啊，

枝条交错杂乱无章。
形态变异将要衰竭啊，
树枝的色泽暗淡而枯黄。
深秋的树木疏秃耸立真是可悲啊，
它们外形受损又内带残伤。
想那纷然交错的树木都将枝枯叶落啊，
真遗憾它们已失去壮盛之时而遭遇不良。
手持马缰把车停下来啊，
暂且自得其乐徘徊游荡。
岁月飞逝迫近尽头啊，
恐怕我的寿命不会很长。
悲叹我生不逢时啊，
遇到这动乱之世多有灾殃。
心情淡漠懒散、独自倚柱而立啊，
只听那蟋蟀在西堂鸣唱。
内心忧惧很不宁静啊，
所愁之事是那么多种多样。
仰望明月而叹息啊，
星夜徘徊直到天亮。
暗自悲叹那蕙花曾经盛开啊，
茂美多姿在那华丽的厅堂。
为什么它花朵累累却不结果实啊，
随着风雨飘落飞扬。
本以为君王会专门佩带这蕙花啊，
谁知把它看作一般的花草没有两样。
可惜自己有出众的思想却不能上达啊，

我将离开君王高飞远扬。
心中自怜自惜真是凄惨啊，
但愿能一见君王表明我的思想。
无罪被弃重压在心啊，
心中纠结悲痛愈来愈感伤。
愁肠郁结岂不思念君王啊，
怎奈宫门重重难以向往。
守门的猛犬对人狂叫啊，
闭关断桥路不通畅。
秋天降下了过多的雨水啊，
地上何时才能晾干。
孤独地守在这荒芜的洼地啊，
仰望着浮云连连长叹。
现在的世俗是多么投机取巧啊，
违背了正道把正当的措施改变。
拒绝骏马而不驾乘啊，
却让劣马赶路还紧紧加鞭。
难道是当今世上没有骏马啊，
其实是不善于对它驾驭。
骏马看到驾车者不是内行啊，
所以连蹦带跳远远逃去。
野鸭大雁吃够了粟米和水草啊，
那凤凰就更加高飞远离。
圆孔中要插进方的榫头啊，
我本来就知道二者抵触难以合一。
众鸟都有了立脚之所啊，

唯独凤凰匆忙不安没有栖身之地。
我本想紧紧闭口什么都不说啊，
但又曾受过君王的深恩厚意。
姜太公九十岁才名声显耀啊，
实在是因为没遇到彼此投合的君王。
问骏马啊，归于何处？
问凤凰啊，栖于何方？
改变了古道和民风啊，时世也跟着衰微。
现在那些相马的人啊，只会看皮肉肥不肥。
骏马隐藏起来看不见啊，
凤凰只在天上高飞。
鸟兽还懂得恋慕有德之人啊，
又怎能责怪贤士不肯留下有所作为？
骏马不肯急进以求使用啊，
凤凰也不贪求饲养而胡乱下口。
君主抛弃贤士而不辨善恶啊，
贤士虽愿效忠又怎么能够？
想要自甘寂寞和君王断绝啊，
心里又不忘他当初恩深义厚。
独自悲愁不免伤身啊，
满怀愁闷何处是尽头！
凄霜惨露交相袭来啊，
心中还希望它不会得逞。
雪珠和雪花越下越大啊，
才知道厄运将至难以变更。
曾希望侥幸过关而有所期待啊，

却如同置身荒野，与野草同归幽冥。
想自己申诉而直接去见楚王啊，
道路阻塞不能通行。
想遵循大道平稳地驱驰啊，
又不知道该从何处启程。
在半路上还迷惑不定啊，
为自我克制而学念《诗经》。
本性愚陋又浅狭啊，
学了《诗经》也实在达不到心里平静。
暗自赞美申包胥志壮气盛啊，
恐怕当今的世道已与那时不同。
现在的时俗是多么善于取巧啊，
不依规矩而乱改器具的插孔。
我独守正直而不随从流俗啊，
心里追慕前圣的遗教。
身处污浊之世而飞黄腾达啊，
绝非我内心喜爱引以为荣。
与其不守道义而有虚名啊，
宁愿坚持清高独处困穷！
饮食不苟且，以此为饱啊，
穿衣不苟且，以此为温。
私下追慕诗人的遗风啊，
愿把清高的心志寄托于朴素的食饮。
满心委屈没完没了啊，
又像置身于荒野望不到边。
没有棉衣皮衣抵御寒冬啊，

恐怕会突然死去见不到温暖的春天。
在寂静的秋末长夜啊，
心里缠绕的只有悲伤。
岁月远去年岁渐高啊，
内心惆怅而悲凉。
四季相继而来又过完一年啊，
人们无法追随交替无穷的阴阳。
黄昏时分太阳快要落山啊，
明月渐渐缺损将减少光亮。
年岁很快要临近完结啊，
老境渐至，意志愈不坚强。
天天有侥幸之想令人动心啊，
但终于还是惆怅而失望。
心中悲愁而凄怆啊，
长长的叹息还加抽泣泪盈眶。
时光无穷无尽一天天过去啊，
年岁老了，心情空虚，没有归宿的地方。
国事多变仍企图进取啊，
所以久留此地而犹豫彷徨。
为什么布满天空的浮云啊，
飘来飘去把明月阻挡？
一腔忠心希望得到表现啊，
然而天色阴暗终于不能上达君王。
愿光明的太阳显赫运行啊，
云雾蒙蒙却把它遮挡。
我不自量而想要效忠啊，

有人却用污垢来玷污我们的愿望。
唐尧、虞舜的高尚行为啊，
高高地耸入云天。
为什么险恶的人心怀嫉妒啊，
竟把不慈爱的恶名让他们承担。
那太阳月亮光照天下啊，
尚且被人把是非搅混而说成有缺点。
何况一个国家的事情啊，
是那样的头绪纷繁又彼此纠缠。
披上荷叶制成的短衣十分轻柔啊，
可惜空荡荡地结不上衣带。
自骄其美又自夸其勇啊，
还以为左右那些所谓“正直的人”可以依赖。
憎厌忠诚老实这种真正的美德啊，
却喜爱那些人伪装出来的慷慨。
谗人们扭扭捏捏一天天挤进朝廷啊，
贤人们只能远远地走开。
农夫停止耕耘而闲散啊，
恐怕田园就要长草变荒。
国家的政事长久被人多谋私利啊，
我暗自悲伤今后的危亡。
世俗之人都同样的目光迷茫啊，
他们评论人的好坏是多么昏乱。
现在注意修饰多照镜子啊，
今后还可以逃过危难得以保全。
愿请流星寄言楚王啊，

然而流星倏忽飞驰，难以遇上。
终于被浮云所遮蔽啊，
使下面的世界昏暗无光。
尧舜对贤能之人都有所选用啊，
所以能高枕无忧而自身安逸。
他们确实不被天下人所怨恨啊，
心中哪里用得着忧惧警惕啊？
乘着骏马跑得很顺溜啊，
驾驭时何必再用有力的鞭策。
里里外外的城墙实在不足以依靠啊，
虽有坚厚的盔甲也无助于威慑。
处处小心还是没有结果啊，
终于忧郁烦闷而穷愁潦倒。
人生天地之间如同过路一样啊，
功业不成一切作为都归于无效。
甘愿埋没而无所表现啊，
却还是希望扬名天下得以荣耀。
既然是毫无着落也得不到遇合啊，
想要扬名简直是愚昧无知自寻烦恼。
辽阔的荒野不到边啊，
飘忽飞翔又能到何处停留？
楚国明明有骏马却不知驾乘啊，
为什么要急急忙忙另外去寻求？
宁戚在车下唱歌啊，
齐桓公听了便赏识他。
没有伯乐那样善于相马的人啊，

现在又有谁来称扬好马？
怅惘流泪且再来想想世事啊，
君主们只有用心求贤才能得到他。
极其诚挚地愿意效忠啊，
却被形形色色的嫉妒所阻拦。
愿君王赐我这不贤之人离去啊，
我有意在那云天之中散心游玩。
乘着一团团的精气啊，
去追随那一群群的神灵。
车旁驾着飞动的白虹啊，
穿过那众多的星星。
左边的朱雀飞舞翻动啊，
右边的苍龙蜿蜒而行。
让雷师隆隆地跟在后面啊，
让风神开路前行。
轻便车在前面锵锵作响啊，
辎重车在后面缓缓跟进。
车上云旗舒卷飘扬啊，
以成群的车骑为侍卫从容行进。
我的心意十分执著不可改变啊，
但愿它能推广发扬起到好的影响。
仰仗上天的深恩厚德啊，
仍保佑楚王无病无殃。

编 后 记

2011年我社出版了“古代文史名著选译丛书(134种)”,该丛书是由全国高校古籍整理委员会主持,汇集北京大学、复旦大学等十八所高校古籍所专家学者力量完成的一部高水平、高质量的传统文化普及读物。出版后也得到了读者认可,获得业内好评。

该丛书于2016年入选国家新闻出版广电总局评选的“首届向全国推荐中华优秀传统文化普及图书”名单。为了更好地传播优秀传统文化,我们从中精选了30种文史经典,重新修订、设计,作为珍藏版呈现给读者。

中华优秀传统文化不仅是中华民族的宝贵财富,也是中华民族的精神家园。凤凰出版社谨向为本丛书的编辑出版付出巨大心血的专家学者致以崇高敬意!

丛书顾问:周林　邓广铭　白寿彝

丛书主编:章培恒　安平秋　马樟根

编委(均按姓氏笔画排列):马樟根　平慧善　安平秋　刘烈茂　许嘉璐　李国祥　金开诚　周勋初　宗福邦　段文桂　董治安　倪其心　黄永年　章培恒　曾枣庄(以上为常务编委)

王达津　吕绍纲　刘仁清　刘乾先　李运益　杨金鼎　曹亦冰　常绍温　裴汝诚(以上为编委)

古代文史名著选译丛书（珍藏版）书目

书名	译注者	审阅者
论语注译	孙钦善	宗福邦
老子注译	张玉春　金国泰	安平秋
庄子选译	马美信	章培恒
孟子选译	刘聿鑫　刘晓东	黄　葵
荀子选译	雪　克　王云路	董治安　许嘉璐
诗经选译	程俊英　蒋见元	刘仁清
楚辞选译	徐建华　金舒年	金开诚
左传选译	陈世铙	董治安
史记选译	李国祥　李长弓　张三夕	安平秋
汉书选译	张世俊　任巧珍	李国祥
后汉书选译	李国祥　杨　昶　彭益林	许嘉璐
三国志选译	刘　琳	黄　葵
资治通鉴选译	李　庆	黄永年
文心雕龙选译	周振甫	黄永年
世说新语选译	柳士镇　钱南秀	周勋初
颜氏家训选译	黄永年	许嘉璐
陶渊明诗文选译	谢先俊　王勋敏	平慧善
李白诗选译	詹　锳等	章培恒
杜甫诗选译	倪其心　吴　鸥	黄永年
李商隐诗选译	陈永正	倪其心
王维诗选译	邓安生　刘　畅　杨永明	倪其心
苏轼诗文词选译	曾枣庄　曾　弢	章培恒
李清照诗文词选译	平慧善	马樟根
辛弃疾词选译	杨　忠	刘烈茂
王阳明诗文选译	吴　格	章培恒
唐才子传选译	张　萍　陆三强	黄永年
徐霞客游记选译	周晓薇　马雪芹　焦　杰	黄永年　马樟根
阅微草堂笔记选译	黄国声	安平秋
西厢记选译	王立言	董治安
聊斋志异选译	刘烈茂　欧阳世昌	章培恒